講談社文庫

銘酒の真贋

下り酒一番(五)

千野隆司

講談社

目次

『銘酒の真贋　下り酒一番㈤』――おもな登場人物

卯吉《うきち》　霊岸島新川河岸《れいがんじましんかわがし》の酒問屋武蔵屋《むさしや》の手代。先代市郎兵衛《いちろべえ》の妾腹《しょうふく》三男。

市郎兵衛　先代の跡を継いだ酒問屋武蔵屋の主《あるじ》。放蕩癖《ほうとうへき》あり。

次郎兵衛《じろべえ》　芝浜松町《しばはままつちょう》の小売り酒屋武蔵屋分家の主。市郎兵衛の弟。見栄を張る。

お丹《たん》　先代の女房。市郎兵衛、次郎兵衛の母。武蔵屋を差配する大おかみ。

小菊《こぎく》　市郎兵衛の女房。市郎兵衛は冷たい。おたえが一人娘。

乙兵衛《おつべえ》　帳場《ちょうば》を預かる一番番頭。仕事は丁寧《ていねい》だが、事なかれ主義。

巳之助《みのすけ》　二番番頭。

吉之助《きちのすけ》　武蔵屋を背負っていた大番頭。卯吉に期待をしていた。故人。

丑松《うしまつ》　武蔵屋分家の手代。

おゆみ　市郎兵衛の妾。神田松枝町《かんだまつがえちょう》にある武蔵屋の家作に住む。

東三郎《とうざぶろう》　西宮《にしのみや》の船問屋今津屋《いまづや》の江戸店《だな》の主人。武蔵屋と親しい取引先。
お結衣《ゆい》　東三郎の娘。一つ上の卯吉には親切。
勘十郎《かんじゅうろう》　大伝馬町《おおでんまちょう》の太物屋《ふとものや》大和屋《やまとや》の主。先代市郎兵衛の弟。
吉右衛門《きちえもん》　小菊の養父で、鉄砲洲本湊町《てっぽうずほんみなとちょう》の下り酒問屋坂口屋《さかぐちや》の主。
尚吉《しょうきち》　坂口屋の手代。卯吉と顔見知り。
茂助《もすけ》　卯吉の亡き母おるいの弟。諸国を巡る祈禱師《きとうし》。棒術の達人。
寅吉《とらきち》　霊岸島の岡っ引き。卯吉と同い年《おなどし》の幼馴染《おさななじ》み。

下り酒一番(五)

銘酒の真贋

前章　灘《なだ》の酒問屋

「何だよ、売れたのは六樽《たる》だけか。おまえも使えない。在庫がどれほどあると思っているんだ。しっかり売ってもらわなくちゃ困るじゃないか」

下り酒問屋武蔵屋《むさしや》分家の主人次郎兵衛《じろべえ》は、顧客廻《まわ》りをしてきた手代の丑松《うしまつ》に言った。不満と焦りが口に出たと、自分でも分かった。

梅雨が明けたばかりの五月下旬、夕方になっても風はなく、昼間の暑さがそのまま店の中に澱《よど》んでいた。次郎兵衛は、吹き出る汗を手拭いでこすった。

兄の市郎兵衛《いちろべえ》から仕入れた灘桜《なだざくら》が、九十樽あまりも売れ残っていた。仕入れのために借りた八十二両の返済期限が六月末に迫っている。それは丑松も分かっているはずだった。だから歯痒《はがゆ》かった。

丑松は歯向かいはしなかったが、怒りの目を向けてきた。かまわず次郎兵衛は、言葉を続けた。

奉公人のくせに、主人の気持ちをまったくわきまえない。それでは何のために給金を与えているのか分からないではないか。

「明日は、少なくとも十樽以上は売って来てもらわないとね。うちには役立たずはいらないんだ」

強めに言った。

売りにくいのは分かっていた。灘桜は、昨年の新酒番船《しんしゅばんせん》で一番になり、下り酒として人気の酒になった。この酒は霊岸島新川河岸《れいがんじましんかわがし》にある武蔵屋の本家だけが仕入れた灘の酒で、それなりの利益を得ることができた。それで気をよくした本家の主人市郎兵衛は、翌年になって四千樽もの大量仕入れを行った。

初めは好調な売り上げを示したが、熱しやすくて冷めやすいのが江戸っ子の特徴だった。今年行われた新酒番船で新たな一番の酒が明らかになると、人気はそちらに移り売り上げは激減した。

灘桜は上質な酒だから、値段も高い。四斗樽の小売値は、二両と銀四十八匁《もんめ》で売っていた。一両を銀だと六十匁、銭だと四千文で両替した場合、一升は二百八十文の売値だ。

安くはないが、味は間違いないので時間さえかければ売れる。しかし次郎兵衛は、借金をして三百樽を仕入れた。

「いくら何でも、小売りとしては多すぎませんか」

仕入れ量を伝えたとき、丑松は血相を変えて言ってきた。しかしそれは聞き流した。

本家で売りあぐねている酒を仕入れることで、実家の母お丹《たん》と兄にいいところを見せたかった。まだどうにかなるという気持ちも、どこかにあった。

丑松は、まともな返事もしないで、店の裏手の酒蔵へ行った。気に入らないと睨《にら》み返してくることがある。不遜なやつだと思うが、亡くなった本家の大番頭吉之助《きちのすけ》がつけてきたので置いている。確かに売る力は持っていて、芝浜松町《しばはままつちょう》四丁目の武蔵屋分家の販売の中心になっていた。

だからこそ、もっと売ってこなくてはならない。武蔵屋で、商人として育ててやった。その恩を忘れたのか。

店の中を見回す。小売り酒屋だから、二合から二升までの屋号が印《しる》された貸徳利《どっくり》が並んでいる。そして売らなければならない、灘桜と印譜された四斗樽が積まれていた。仕入れたばかりの頃は壮観だったが、今は明らかに負担になっていた。

武家でも町家でも、四斗樽で酒を買う客はよほどの御大身か大店《おおだな》の商家、職人の親方の家くらいのものだ。店に来る多くの客は、店にある貸徳利でせいぜい一升から二升までの酒を買う。しかしそれでは、三百樽を売るには手間がかかり過ぎる。だから丑松には外回りをさせていた。

料理屋や小料理屋、旅籠《はたご》など新たな売り先を探させた。小売り酒屋や煮売り酒屋にも行かせた。

本家の武蔵屋は、霊岸島新川河岸に大きな酒蔵と間口六間半の店を持ち、年間四万樽を商う老舗の大店だ。江戸で下り酒商いをする者で知らない者はいない。次郎兵衛は三年前の二十三歳のときに分家をして今の店の主人になった。店には本家と同じ暖簾《のれん》を掛けている。

商いをするのに、この暖簾は役に立った。初めて敷居《しきい》を跨《また》いだ小売り酒屋でも、芝界隈《かいわい》の店ならば話を聞いてくれた。

店を持ったのは、実父で武蔵屋の主人だった先代市郎兵衛が亡くなって一年後のことだ。当時存命だった大番頭の吉之助は時期尚早だと渋ったが、先代の女房である母のお丹が事を進めた。

「どうせ一年もしないうちに、店を潰すぞ」

と陰口を叩《たた》いた者もいたが、二年がたった。本家の暖簾があったし、お丹にも助けられた。

小売りとして灘桜三百樽を仕入れるのは、丑松に告げられるまでもなく無謀だというのは分かっていた。しかしこれまで世話になってきたという気持ちが、根にあった。

先代市郎兵衛や大番頭の吉之助が存命だった頃は、商いも盤石だった。何軒もの家作も持っていた。しかし二人が亡くなって、三つ違いの兄が主人になってから潮目が変わった。見込み違いの仕入れが重なって、商いが傾いてきた。

それでも祭礼の寄付は、繁盛していた頃と同じだけした。町のどぶ浚《さら》いや夜回りの折には、酒の振舞いをした。

「なあに、案ずることはない。売れ筋の品が出れば、すぐに盛り返すさ」

と市郎兵衛は言い、お丹は笑顔で頷《うなず》いた。

分家の商いは、潰れはしないにしても順調とはいえない。仕入れの代金を払えずに待ってもらうことはよくあった。十両二十両と、お丹に立替てもらう場面もあった。自分ではどうにも金策がつかなかったからだ。

本店の商いが傾き始めていることは分かっていたが、それでも頼ってしまった。老舗大店の武蔵屋が、数十両の金で潰れるとは考えないからだ。

ただそろそろ限界だという気持ちはあった。いざとなればお丹を頼るしかないが、できれば避けたい。

本店の奉公人は、一番番頭の乙兵衛《おつべえ》を始めとして何かを言うわけではないが、向けてくる眼差《まなざ》しが不快だった。

「また、たかりに来たのか」

という目だと感じる。それがたまらなかった。

腹違いの弟で、手代をしている卯吉《うきち》はそういう眼差しを向けることはない。しかし腹の奥では、きっと自分を邪魔者だと思っている。非難の眼差しを向ける奉公人よりも腹立たしかった。

兄嫁の小菊《こぎく》も、自分を歓迎していないと分かる。

「商いもうまくいかないし、奉公人からも冷たい目で見られる」

と次郎兵衛は胸の内で呟《つぶや》いた。だから気持ちの休まるところへ足を向けてしまうと、自分に言い訳をした。一人の女の顔が、頭に浮かんだ。

すでに火灯《ひとも》し頃だ。店の戸を閉めるように、小僧に命じた。外へ出ようとしたところで、商家の番頭ふうが敷居を跨いで入ってきた。

「ごめんなさいまし」

丁寧な口ぶりだ。見覚えのある顔だ。淡路屋利三郎《あわじやりさぶろう》という者である。灘の酒問屋の番頭で、親しくはないが顔見知りだった。三十代後半の年頃で、慇懃《いんぎん》だが抜け目のない眼差しをしている。淡路屋は灘の酒問屋としては小さな店で、江戸で販路を広げようと、この二、三年、各問屋へ顔を見せるようになった。

利三郎は主人の弟で、江戸へ出てきて無名の酒を売っていた。武蔵屋へも顔を出していたが、仕入れをすることはなかった。下り酒と言っても、様々な種類がある。武蔵屋は、評価の低い安価な酒は扱わない。

淡路屋から仕入れをするつもりはなかったが、追い返す気持ちもなかった。話ぐらいは、聞こうと思った。

淡路屋は下手に出た口調で、まず先日行われた大酒の合戦を話題にした。昨年は米が豊作で、酒の製造量も増えた。商品がだぶついて、値下がりが避けられない様相になった。そこで評判を煽《あお》るために、新川河岸を中心にした下り酒問屋仲間では、各店から自慢の酒を出して大酒の合戦を行った。

武蔵屋では福泉《ふくせん》と灘桜を出したが、福泉が一番になった。それで評判になり、在庫を抱えていた福泉は完売した。

「では、上位に入らなかった灘桜の売れ行きはいかがでしたか」

店に積まれている灘桜の樽に目をやりながら、淡路屋は言った。

「まあ、良くはないですよ」

在庫が残っているのだから、ひと目で分かることを訊《き》いている。次郎兵衛は、やや不機嫌になって答えた。

「ご無礼ですが、今在庫は」

「どうして、そんなことを尋ねるんですか」

あんたには関わりのないことだと、胸の内で呟いた。

「少しばかりですが、お手伝いをさせていただきたいと思いましてね」

「そんなことができるのか」

いきなり訪ねて来て、何を言い出すのかと思った。こちらは売りあぐねている。それが西国を主な商いの場にしている問屋が江戸へ出て来て、どれほどの商いができるのか。自分でも舐《な》めた口ぶりになったのが分かった。

「まあ、いろいろとお話をした上のことですが」

揉《も》み手《で》をした。

「九十樽ほどですよ」

どうだ、という気持ちだ。そんなにたくさんなら無理ですと、引き下がるに違いない。

けれども淡路屋は、顔から笑みを消さないで応じた。

「大丈夫です。ただし、仕入れ値よりも安くなるかもしれません」

と言った。

なるほど、安売りを勧めてきたわけだなと得心した。普通ならここで追い返すところだが、それはしなかった。

灘桜の仕入れ値は、一両と銀四十八匁だった。卸値はこれに銀二十六匁の利を乗せていた。武蔵屋は本家だけでなく分家でも値引きをしない方針だが、在庫を一気に捌《さば》けるならばある程度は仕方がないという気持ちがどこかにあった。

「借金を期日までに返す方が先だ」

と、胸の内では考えている。

「いくらで引き取りますか」

「一両と銀二十匁でいかがでしょう」

あっさりと口にした。あらかじめ含んでいた額らしかった。

次郎兵衛は頭の中で算盤《そろばん》を弾《はじ》いた。これだと一樽につき銀二十八匁の損失となる。

九十樽ならば、四十二両の損失だ。手取りは百二十両となる。足元を見られている気もしたが、これで在庫が一掃できるのならば、仕方がないとも感じた。

また淡路屋が、そんなことができるのかと疑う気持ちもあった。

「試してみてもいい」

と思った。

「それでできるならば、やってもらいましょう。ただ品と代金は引き換えとなりますよ。期日は十日以内ということで」

先延ばしはできない。

「かまいません。それで行きましょう」

大きく頷き返すと、淡路屋は引き上げていった。

それから三日後、暦は六月になった。猛暑が続いている。額や首筋に汗を浮かべながら、淡路屋が姿を現した。このとき店には、番頭の竹之助《たけのすけ》しかいなかった。

「買い手が見つかりましたよ」

きっちりの代金を、次郎兵衛の目の前に差し出した。売りあぐねている灘桜ではあったが、値下げさえすれば売れる品だった。惜しい気もしたし、武蔵屋に知られたらまずい商いだとも思った。

しかし目の前に積まれた小判の山吹色に、次郎兵衛は勝てなかった。金の受取証に署名をした。

そして淡路屋は、「他にも、うまい儲《もう》け話があるのですがね」と次郎兵衛に耳打ちしてきた。乗るつもりはないが、話だけは聞いてみることにした。竹之助には聞かせたくないので、奥の部屋へ通した。

まとまった金を手にしたので、淡路屋には寛容になっていた。

淡路屋は、持参していた二合の酒徳利を差し出した。

「飲んでみてください」

茶碗《ちゃわん》に注がれた酒を、次郎兵衛は口に含んだ。

「これは」

清酒ではあるが、下り酒としては味の落ちるものだった。しかし雑味の多い地回り酒とは、明らかに違った。

「司錦《つかさにしき》という酒です。一樽一両で、五百樽仕入れませんか」

「ええっ」

苦いものが、喉の奥に込み上げた。

値段はともかく、武蔵屋では品質の低い酒は仕入れない。暖簾を汚すと考えるからだ。先代の市郎兵衛も、吉之助も禁じていた。商いの金主となる親戚筋も認めていなかった。商いの資金を借りている武蔵屋としては、金主である親戚筋には逆らえない。親戚筋が集まって決めたことは絶対で、お丹や市郎兵衛でも受け入れなくてはならなかった。

「これを、一両と銀五十匁で卸します」

返事ができずにいると、淡路屋は話を進めてきた。

「まさか」

妥当な価格としては、一両と銀二十五匁程度だ。一樽で、一両の半分近く高く売ることになる。

「売れるのですか」

にわかには信じられない。霊岸島の酒商いの者ならば、味はすぐに分かる。

「まあ、お任せいただきましょう」

とはいえ、儲けの分け前はいただきますがと、口元に嗤《わら》いを浮かべた。卑しい顔だと思ったが、灘桜九十樽を三日で売ってきたのは確かだった。話を遮ることはできなかった。

第一章　妥当な価格

一

「卯吉さんも難儀だねえ。福泉が売れたら、今度は灘桜を押し付けられたのかい」

小売り酒屋の馴《な》染《じ》みの主人が、卯吉に言った。

「いや、押し付けられたわけじゃありませんよ。これも武蔵屋の品ですから」

卯吉は笑顔で答えた。そろそろ在庫がなくなる頃だろうと見込んで、足を向けたのである。昨年までは、在庫がなくなると向こうから注文を持ってきた。しかし今年になって、灘桜の人気は急落した。

主人の市郎兵衛は、当初の売れ行きに気をよくして新たに四千樽を仕入れた。しかし今となっては、千樽近い在庫を残していた。

卯吉は大酒の合戦のときまでは、福泉を売るように命じられていた。これも市郎兵衛が蔵元に煽《おだ》てられて、余計に仕入れた品だった。しかし大酒の合戦で一番になって、人気の酒になった。完売になって一息ついたが、すぐに灘桜を売るように命じられた。大おかみのお丹からだ。

「尻拭いばかり、させられているんじゃないかい」

主人の言葉には、どこか同情する響きがあった。主人は古くから武蔵屋の顧客で、店の事情については詳しい。福泉や灘桜が仕入れられた経緯についても、知っていて口にしていた。

卯吉は武蔵屋の先代主人市郎兵衛の三男である。しかし母は、お丹ではなかった。父が囲っていた母おるいが亡くなって、武蔵屋へ引き取られた。

お丹は義理の母で、市郎兵衛や次郎兵衛は腹違いの兄となる。お丹にしてみれば卯吉は、憎い女が生んだ血の繋《つな》がらない子だ。けれどもそれは、卯吉にはどうすることもできない話だった。

当初お丹は、卯吉を引き取ることを渋ったという。しかし市郎兵衛の子であるのは間違いないから受け入れた。しかし若旦那ではなく、あくまでも小僧として扱うという条件が付いていた。七年前、十二歳のときである。

伝えられた通り、特別扱いは一切されなかった。他の小僧たちと同じ仕事をさせられ、同じ食事が与えられた。親族としては、認められなかったのである。それは手代になった今でも続いていた。

他に行き場がなかったからと言えばそれまでだが、店の仕事については精いっぱいやった。先代市郎兵衛は、お丹のいないところでは声掛けをしてくれた。大番頭の吉之助は、厳しいながらも商人としてのいろはを仕込んでくれた。励ましてもくれた。

父が亡くなる直前、卯吉は枕元へ呼ばれた。その場には、吉之助もいた。

「おまえは私が死んだあと、武蔵屋を守る番頭になれ」

と告げられた。二人の兄では心もとないと、見抜いていたのに違いない。父はさらに続けた。

「私の血を分けたおまえだからこそ、店を守ることができる」

このとき傍《そば》にいた吉之助が、大きく頷《うなず》いた。二人が自分に向けた眼差《まなざ》しは、今でも忘れられない。

どんなことがあっても、武蔵屋の屋台骨は盤石だと誰もが話した。けれども市郎兵衛が亡くなり、さらに吉之助もこの世の人でなくなって、跡取りである今の市郎兵衛が主人になると、様相は大きく変わった。

派手好きの見栄《みえ》っ張《ぱ》りで、商いの先が読めない。煽てに弱く、下に見る者には傲岸な態度を取った。お丹はまだましだったが、武家の出なので商いを充分に理解していなかった。

店にとってさらに不運だったのは、一番番頭になった乙兵衛や二番番頭の巳之助《みのすけ》は、吉之助のような骨のある者ではなかった。帖付《ちょうつ》けは見事だが、お丹や市郎兵衛には忖度《そんたく》をした言動を取るだけだった。

無謀な仕入れは、今に始まったことではなかった。赤字が出ると、それまであった家作を手放すことで処置をした。吉之助が亡くなったときには、両手でも数え切れないほどあった家作が、今は二軒だけになっている。

武蔵屋は表向き老舗の大店《おおだな》とされているが、実のところ内証《ないしょう》は火の車。親戚はもちろん、一部の問屋仲間や顧客たちも、それに気づき始めていた。

「どうです、少し値引きしませんか。そうすれば、引き取ろうという店も増えるのではないですか」

小売り酒屋の主人が言った。このままでは、売れ残ると言いたいのかもしれない。

「いや、申し訳ありませんが、それはできません」

卯吉は首を横に振った。これは先代のときから守られている、武蔵屋の決まりの一つだった。

安酒は相手にしない。品質のいい上等の酒しか仕入れない。これを適価で売る。傷んだ酒は安売りしないで破棄した。少々高くても、武蔵屋は質のいい酒だけを商う。それを徹底させてきた。

納品の期日を守る。在庫管理を徹底し、顧客からの無理な申し出にも応じる商いをした。江戸の小売りにしか卸さないが、顧客は大事にする。しかし値引きには応じず、支払いの延期も受け付けなかった。もちろん武蔵屋が支払う場合にも、期日を守り確実に行った。

それらの徹底が武蔵屋を栄えさせる基になると、奉公人たちは吉之助から仕込まれた。

「まあ、だからこそ老舗ってことなのでしょうがね」

「良い品をお届けするように努めます」

卯吉は答えた。

「なるほど、仕方がありませんね。せっかく卯吉さんが来てくれたのだから、今日は五樽仕入れさせてもらいましょう」

主人は言ってくれた。

「ありがとうございます」

これは卯吉の尽力もあるが、武蔵屋の暖簾《のれん》の力も大きいと思った。これまで、先代市郎兵衛や吉之助の商いのやり方を外さなかったからだ。

武蔵屋へ戻れば、お丹や市郎兵衛には余計者として冷淡に扱われる。それを目の当たりにする奉公人たちは、卯吉を軽んじる気配もあった。しかしそれでも武蔵屋にいるのは、「店を守れ」と告げられたからだが、それだけではない。力を貸してくれる人物もいた。

父の実弟で大伝馬町《おおでんまちょう》の太物屋大和屋勘十郎《やまとやかんじゅうろう》、鉄砲洲本湊町《てっぽうずほんみなとちょう》の下り酒問屋坂口屋《さかぐちや》の主人吉右衛門《きちえもん》、そして母方の叔父茂助《もすけ》がいた。茂助は祈禱師《きとう》として諸国を巡っている。各地の酒や商いの様子を話してくれた。そして棒術の指導もしてくれた。

疎み軽んじる者もいるが、商人として育ててくれているのは武蔵屋だ。武蔵屋がなければ、自分は何者でもない。こだわりがあるから、励みになった。

卯吉は挨拶をして、馴染みの小売り酒屋の店を出た。真夏の炎天の日差しが全身を襲ってきた。

気持ちよく仕入れてくれる店もあるが、断られる店もあった。十数軒の小売り酒屋を廻《まわ》って、武蔵屋へ戻った。

乙兵衛に、一日の商いについて伝える。御苦労の言葉はない。注文を受けた酒の銘柄と数量を、綴《つづ》りに写しただけだった。

倉庫で酒樽《さかだる》の整理をしていると、小菊が姿を見せた。

「お疲れ様」

そう言って、冷えた麦湯が入った茶碗《ちゃわん》を差し出した。小菊は、めったに笑わない。市郎兵衛の女房だが、女中頭のような役目をしている。

「おいしい。生き返りました」

飲み干した卯吉は、そう口にして感謝の気持ちを表した。小菊には、市郎兵衛との間にできたおたえという七歳になる娘がいる。この二人だけが、武蔵屋の親族で卯吉を親族と認めて関わってきていた。

卯吉はそれから、新川河岸の幼馴染《おさななじみ》寅吉《とらきち》の実家へ行く。寅吉は父親から縄張りを受け継いで、岡っ引きをしていた。実家は艾屋《もぐさ》をしていて、その店の奥で、卯吉はおたえに算盤《そろばん》を教えた。

行くとすでに、おたえは朱色の算盤を手にして待っていた。卯吉が買ってやった算盤だ。

「引き算が交じっても、もう間違えなくなった。いっぱい稽古をしているから」

おたえは目を輝かした。

「そうか、偉いぞ」

頭を撫《な》でてやる。

おたえは、武蔵屋の建物の中では、算盤の稽古ができない。卯吉も、教えてやることはできない。それは市郎兵衛は、外におゆみという女を囲っているからだった。そのおゆみが、男の子を生んだ。市太郎《いちたろう》という名がつけられた。市郎兵衛の幼名だ。

それまでお丹は、おたえに婿を取らせ跡を継がせるつもりでいたらしい。だから算盤をおもちゃ代わりに与えて遊ばせていた。しかし市太郎が生まれて、もう算盤の稽古はするなと告げた。

「あんたは、お嫁に行くんだからね。そんな稽古はしなくていい」

算盤を取り上げた。おたえは習いたがったが、お丹は認めなかった。

血の通った孫だから、愛情がなくなったわけではなさそうだ。しかし跡取りは市太郎と決めたのだと、卯吉は察した。それについて、小菊は何も言わない。自分の気持ちを、面に出さない女だ。

卯吉は寅吉の店の奥を借りて、おたえに算盤を教えていた。おたえはそれを楽しみにしている。腕前も上げていた。

「ご明算」

読み上げ算の答えが合っているとき、卯吉は声を上げる。

「うふふ」

嬉《うれ》しそうな笑みを浮かべて、太腿《ふともも》を並んでいる卯吉のそれに押し付けてくる。小さな足が、愛おしい。

今日も半刻ほどの手ほどきをした。小菊とおたえがこの先どうなるのか、卯吉には見当もつかない。できることは、算盤を教えることだけだった。

二人が一緒に店に帰ることはない。お丹に知られれば、止めろと言われるからだ。

おたえが帰って少ししてから、卯吉も新川河岸を歩いた。強い西日が、河岸の道と水面《みなも》を照らしていた。

「おい」

柳の木陰から、手代ふうの男が姿を現して声をかけてきた。分家の丑松だった。本家に用があって来たらしかったが、卯吉に話したいことがあるようだった。

卯吉にとっては先輩の手代で、奉公人の中では唯一本音を言える相手だった。次郎兵衛が分家をするときに、吉之助からついて行くように命じられた。本人は行きたくなかったことを知っている。

二

卯吉は、丑松と並んで土手へ降りた。川風にはまだ熱気が混じっているが、日盛りの暑さと比べると凌《しの》ぎやすかった。どこかで蟬《せみ》が鳴いている。

一刻ほど前までは、酒樽を運ぶ荷船が行き交っていたが、今はその姿はない。空船が船着場に繋がれていた。夕日の朱色が濃くなっている。

「どうもこの数日、次郎兵衛の様子がおかしい」

日差しを跳ね返す水面に目をやりながら、丑松は言った。主人でも、まともな商人とは認めていないから、二人だけのときは呼び捨てにした。

「何がですか」

卯吉が戻るのを待っていたくらいだから、よほどのことだと思われた。また次郎兵衛が、とんでもないことでも起こしたのか。

「残っていた灘桜九十樽を、いっぺんに売った」

「それは」

驚きだった。見事というべきだが、次郎兵衛に売る力があるとは思えない。いったい何が起こったのかと、そちらが気になった。

「売った相手は」

「淡路屋だ」

「ほう」

口をきいたことはないが、顔と名は知っていた。武蔵屋へも来たことがある。乙兵衛や巳之助には慇懃《いんぎん》な態度を取ったが、卯吉には一瞥《いちべつ》を寄こしただけだった。

「次郎兵衛は、値引きをして売ったんだ」

不満顔だ。武蔵屋の売買では、値引きはご法度だ。次郎兵衛が知らないわけはない。売値を聞いた。

「一樽が、一両と銀二十匁《もんめ》だ。しめて四十二両の損になる」

丑松は、次郎兵衛と淡路屋が話をする場にはいなかった。酒樽が運び出されて、竹之助に問《と》い質《ただ》した。面倒なことを嫌がり、次郎兵衛には逆らえない竹之助だが、分家の商いには丑松がいなくては回らないことは分かっている。半ば脅して、値を言わせたのだそうな。

「四十二両の損失でも、百二十両が手に入ったことになりますね」

「借金の返済日が迫っているから、それに回すのだろう」

認められない安売りをしても、現金を手に入れたかった気持ちは分からなくはない。ただこうした甘い商いが、分家の財政を追い詰めていた。

「困ったやつですね」

「まったくだ。辛抱しても、定価で売るという気概がない。それが定価で売っている本家の灘桜を売りにくくさせることに気付かない。どうせ本家や親戚筋には気付かれないと、高を括《くく》っているのだろう」

気持ちが治まらないので、卯吉に話したらしかった。

「それで淡路屋は、どこへどれくらいの値で売ったのでしょうか」

利鞘《りざや》を得ているのは間違いない。ただこちらの商いに影響するのは確かだから、聞いておきたかった。

腹立たしいが、それをお丹に告げても、次郎兵衛がしたことならば握り潰される虞《おそれ》があった。

「芝あたりでは、見かけないが」

丑松も、どこで売るかまでは分からないとか。芝界隈《かいわい》は、確かめていた。ただ丑松の気掛りは、それだけではなかった。

「次郎兵衛は、淡路屋と組んで何か企《たくら》みごとをしようとしている。余計なことをしなければいいんだが」

かつて次郎兵衛は、旗本家の御用達《ごようたし》になれるという甘言に乗って、潰れかけた酒屋の借金の保証人になったことがあった。それは卯吉や丑松の奔走で難を逃れたが、何もしなければ分家の土地と建物は手放さなければならないところだった。

「なぜそう思うのですか」

「ここのところ淡路屋がよく顔を出すが、こそこそしていやがる」

店では話をせず、外へ出て行く。だから丑松だけでなく、竹之助も様子が分からない。

「店のためになることなら、堂々とやればいい」

丑松の不安はそこからくる。

「ただ何をするにも、金が要りますね」

灘桜を売って百二十両を手に入れた。返済をしても四十両近くは手元に残る。けれどもそれは、次の仕入れに充てられてしかるべきだ。余計なことに、使っていいわけではない。

「そこなんだが、四十両では済まず、さらにどこかから借りようとしている」

「となると、よほど大きな何かをしようというわけですね」

「次郎兵衛は、企んでいることの中身は一切口にしないが、店と土地を担保にして金を借りようとしているのは確かだ。竹之助に、それらしいことを漏らしたそうだ」

竹之助も、不気味に思ったのかもしれない。丑松が次郎兵衛の不審な動きについて問い質すと話したそうな。

「それが事実ならば、捨て置けませんね。次郎兵衛さんに、確かめたいところですが」

「あいつに訊《き》いたって、ぐうの音も出ない証拠がなければ、白を切るだけだ」

店と土地を担保にして金を借りるとなると、四、五百両以上の話になるはずだ。騙《だま》されているならば、分家は淡路屋に吸い尽くされるかもしれない。

丑松はここで、ふっと嗤《わら》った。

「まあ分家が潰れれば、店を出られる。その方がおれには好都合だが」

本音では、店を出たがっている。武蔵屋は、本家でさえすでに泥船だと丑松は言っていた。ただ吉之助に恩義があるから、店に残っている。その話は、前に聞いたことがあった。

「ただあいつがその気になっているのは、間違いない」

だからこそ厄介だと、丑松は言った。こそこそしているのは、漏れて中止になるのを防ぐためだ。

「四十二両の損失を出しています。取り返すだけでなく、もっと大きな商いをしようとしているわけですね」

「そんなところだろう。今はてめえで何とかしようと考えている。しかしどうにもならなくなれば、お丹に泣きつくことになる」

「ですが四、五百両となると、本家の屋台骨も崩れますよ」

ぞっとする話だ。負債を抱えた次郎兵衛を、お丹は斬り捨てることができない。だが市郎兵衛が仕入れた四千樽もの灘桜は、まだ千樽近くも売れ残っている。こちらの代金の支払いも、迫ってきていた。

お丹が次郎兵衛を庇《かば》えば、共倒れになるのは必定だ。卯吉のこれまでの苦心も水の泡になる。

「もう少し様子を探る。はっきりしたことが分かったら伝えるぜ」

そう言って、丑松は引き上げた。

「まったく、迷惑な話だ」

と卯吉は呟《つぶや》いた。灘桜の件では、次郎兵衛は己の都合しか考えていない。安値でも売りたい気持ちを抑えるのが、暖簾を守ることではないかと考える。

早晩には、自分が売る灘桜の売れ行きに障りが出てくる。そこで卯吉は、淡路屋利三郎について、誰かから話をきいてみようと思った。

河岸の道に目をやると、坂口屋の手代尚吉《しょうきち》が歩いているのが見えた。尚吉に声をかけた。同業の手代同士ということで、折々商いについて話をした。

坂口屋では、手代であっても仕入れや販売について裁量権が与えられていて、自分なりの商いができた。卯吉や丑松のように、命じられたことだけをやらされるのとはまったく違う。主人吉右衛門の方針だ。尚吉はいつも、生き生きと仕事をしているように見えた。

卯吉はかつて、吉右衛門に坂口屋へ来ないかと誘われた。断ったことに後悔はないが、心が動いたのは確かだった。

「淡路屋利三郎ねえ。顔は知っているが」

灘の小さな酒問屋の番頭、というくらいしか知らなかった。ただ同業の備中屋《びっちゅうや》ならば知っているのではないかと教えられた。

備中屋は、大店でも老舗でもない。小規模な店で、安い酒も扱っている。

卯吉は早速出向いた。中年の主人とは顔見知りだった。

「知っていると言えるほどではないですけどね、あの人からも酒を仕入れたことはありますよ」

問いかけると、そういう答えが返ってきた。

わざわざ灘から江戸へ出てきて、販路を広げようとしている。大店や老舗の問屋には出入りをしていないので、地回り酒を扱う問屋にも卸しているとか。

「安価な品とはいっても、下り酒には違いないので、武蔵屋さんや坂口屋さんには出入りをしていない小売りや煮売り酒屋などからは、重宝されているようです」

「それなりに、販路を持っているわけですね」

値下げさえすれば、灘桜は売れる酒だと踏んだのに違いない。

「ただね、ときに質のよくない酒を混ぜて売ることがあります。なのでうちでは、一度仕入れたことがあるだけです」

品質について、信用されていないようだ。目先の利益さえ得られればいいという人物なのかもしれない。

「半月くらい前に、尋ねて来ました。儲《もう》け話があると言ってきたんですがね。断りました」

「どんな話だったんでしょう」

耳に入れておきたかった。

「さあ、聞きもしませんでした。うまい話には裏がありますから」

主人は笑った。

「そのうまい話に、次郎兵衛は乗ったのか」

嫌な気持ちになった。

三

三日後、卯吉は江戸も北西の外れにある音羽《おとわ》の小売り酒屋へ足を向けた。初めての店で、灘桜を売るつもりだ。武蔵屋では、この界隈に酒を卸してはいなかった。江戸川橋《えどがわばし》を北へ渡ると、広い真っ直《ます》ぐな通りの向こうに護国寺《ごこくじ》の杜《もり》が見える。炎天に輝いていた。蟬の音が、降るように聞こえてきた。

「新川河岸の武蔵屋さんならば、存じ上げていますよ」

初老の主人は、愛想よくそう言った。迷惑そうな様子はなかった。上《あ》がり框《がまち》に、腰を下ろすように告げられた。話次第では、買ってくれそうだ。

持って行った灘桜で、試飲をさせた。かつて新酒番船《しんしゅばんせん》で一番になった酒だから、銘柄も知っていた。

「いい味ですね。これならば、行けそうですね。それで値はいかほどで」

「四斗樽一つ、二両と銀十四匁とさせていただいています。小売値は、二両と銀四十八匁となります」

これを耳にして、主人の表情が険しくなった。おやと思っていると、不満げな口調で返してきた。

「灘桜は、他の店では四斗樽を二両と銀十匁で売っていますよ」

卸値以下だ。こちらの言い値に、腹を立てたらしかった。

「うちから仕入れたどこかのお店が、急な金子が欲しくて、捨て値で売ったのではないでしょうか」

いよいよきたぞと思ったが、何事もない顔で答えた。分家から出た灘桜がどこかで売られることは、覚悟していた。

「詳しい事情は知りませんがね、その値で売っているのは間違いありません」

小売値よりも高い値で買うわけがないだろうと、向けてくる目が言っていた。もうここでは買わないと悟ったが、そのままにはしておけない。

「昨年の、売れ残りではないでしょうか」

と言ってみた。

「さあ」

一気に関心をなくした表情だった。

「それは、どこの何というお店でしょうか」

「大塚仲町《おおつかなかまち》の、臼井屋《うすいや》という店です」

それでも教えてくれた。卯吉は早速、足を向けた。

ここも江戸の外れだから、町は鄙《ひな》びている。通りの人通りは少なくて、強い日差しがあるばかりだ。

卯吉は臼井屋の前に立った。店全体が埃《ほこり》を被《かぶ》っているような店で、日頃武蔵屋が卸す小売りとは様子が違った。ただ『下り酒　灘桜　入荷』と書かれた新しい紙が、店先に貼られている。

値も記されていて、音羽で聞いた通りのものだった。

「ごめんなさいまし」

そう言って店に入り、出てきた中年の主人に灘桜一合を売って欲しいと頼んだ。茶碗を借りて、その場で一口飲んだ。

「ううむ」

間違いなく、武蔵屋で売っている灘桜だった。

「これを、どこで仕入れましたか」

と尋ねると、主人はぎょっとした顔になった。正規の値段を知っているらしい。

仕入れた酒をいくらで売ろうと勝手だが、おおむね価格は揃《そろ》える。それが不毛な安売り合戦になるのを避けることになると、小売りの商人は分かっているからだ。また主人は、仕入れた手順に後ろめたさがあるのかもしれなかった。

また安く仕入れても、標準の値で売ることも可能だ。それがここで売れるかは別だが、主人はそこまではしていなかった。

「それはちょっと」

困惑と警戒の目を向けた。現れたのは何者だという目だった。

卯吉はここで、自分は霊岸島新川河岸の武蔵屋の者だと名乗った。

「ひえっ」

主人は小さな悲鳴を上げた。

「こちらの値は、武蔵屋での卸値よりも安価になっています。もちろん、誰かを騙したわけでもないでしょう。こちらを責めるつもりはありませんが、武蔵屋としては、誰がいくらで卸したかを伺いたいですね」

気合のこもった目を向けた。言い逃れはさせないぞという腹だ。それで主人は、覚悟を決めたらしかった。

「東金屋《とうがねや》佐久造《さくぞう》さんという方からです」

酒の仲買をする者だと名乗ったそうな。初めて姿を現した。

「うちでは灘の下り酒を扱ったことはありませんでしたが、飲んでみたら、よい酒なのは分かりました」

一樽を、一両と銀五十匁で仕入れたとか。それでも店としては高価格品だが、味さえ分かれば、売れると判断したそうな。

東金屋という屋号は初耳だ。淡路屋とは何らかの繋がりがある者と察しられる。利益の銀三十匁は、二人で分けたのか。

東金屋がどのような者なのかは分からない。主人は試飲をした上で、三樽を仕入れたのだった。

「他にも、仕入れた店がありますか」

「小石川久保町《こいしかわくぼまち》の柏屋《かしわや》さんです」

卯吉はそこへも足を向けた。東金屋は、江戸の北西の外れにある町で仕入れた酒を売っている様子だった。

柏屋も、臼井屋と同じような店だった。武家地に囲まれた町で、よく言えば落ち着いているが鄙びている。

ここでも酒を買って飲んでみたが、まともな灘桜だった。訊くと卸したのは東金屋佐久造で、値段も同じだった。柏屋の主人は、仕入れた他の店を知らなかった。

東金屋佐久造は、三十半ばの歳《とし》だったとか。淡路屋は三十後半で、年齢は近い。ただ体付や顔形を聞くと、同じ者には思えなかった。

淡路屋が東金屋の名をかたっていると考えられなくもないが、断定はできない。卯吉は他にも七軒廻った。灘桜を仕入れていた店はあったが、卸した東金屋に近づくことはできなかった。

帰路卯吉は、日本橋《にほんばし》界隈から新堀川《しんぼりがわ》河岸の北新堀町《きたしんぼりちょう》を通った。このあたりにも酒問屋や味噌《みそ》醤油《しょうゆ》問屋、船問屋が軒を並べている。

「おや、卯吉さん」

ここで船問屋今津屋《いまづや》の娘お結衣《ゆい》と出会った。荷船が船着場に接岸したところで、様子を見に来たらしかった。卯吉に笑顔を向けた。十八歳で、卯吉の一つ下だ。顔を見ただけで、胸がときめく。

今津屋は、摂津国西宮《せっつのくににしのみや》の船問屋の江戸店で主人は東三郎《とうざぶろう》といった。西国から遠路航行して来た樽廻船《かいせん》を受け入れ、江戸からの荷を載せる。また小型の荷船を持って、受けた荷をご府内の各所に輸送する業も行っていた。

武蔵屋が灘から仕入れる酒は、すべて今津屋の樽廻船を使った。武蔵屋は、今津屋にとってはお得意だ。しかし卯吉とお結衣はそれだけの関係ではなかった。お結衣は前に、悪い男に騙されていた時期がある。危ない場面を救って、店を通した繋がりから一歩踏み込んだ間柄になっていた。

誰にも告げないが、卯吉はお結衣に対して淡い恋情がある。しかし向こうは、そうした感情を持っている気配はなかった。ただ会えば笑顔で接してくれる。今の卯吉は、それだけで充分だと思っていた。

「何か、腑《ふ》に落ちないことがありそうですね」

お結衣の方から言われた。お結衣はこちらの気持ちを見抜く。卯吉はちょうど誰かに話を聞いてもらいたいと感じていたから、淡路屋利三郎がまとめて買った灘桜の話をした。値段は告げないが、東金屋の名は出した。

商いの関わりで、あるいは知っているかもしれないと思った。

「淡路屋さんはともかく、東金屋さんは聞きませんね」

という返事だ。下り酒を扱う店ではないのかもしれない。ただ西国からの輸送は、今津屋だけがしているわけではなかった。

卯吉にしてみたら、話を聞いてもらえただけでも嬉しかった。しかしお結衣は、思いがけないことを口にした。

「淡路屋さんは、つい最近、灘から五百樽のお酒を仕入れましたよ」

半月ほど前で、今津屋の樽廻船を使ったから覚えていた。

「何という酒ですか」

「樽には、司錦とありました」

「ほう」

聞かない銘柄だった。新酒が入れば新川河岸界隈では話題になるはずだが、耳にしなかった。

「どこが売るのでしょうか」

「さあ。どこへも卸さず、淡路屋さんが引き取りました」

納めたのは、新川河岸の倉庫ではなかった。西宮から運ばれたのだから、下り酒なのは間違いない。不審な話だが、このときは灘桜の方が気になっていた。

四

芝の武蔵屋分家では、損失は出したが灘桜九十樽が売れたことで、借金返済ができることになった。主人の次郎兵衛は、ほっとしたらしい。偉そうなことを口にしてはいても、実は返済の目途が立たず、びくびくしていたのだと、丑松は気がついていた。

「どうだい、私の腕前は」

「まことに、お見事なもので」

「他にも、手を打っている。本店のやつらを、見返してやるぜ」

「へえ」

次郎兵衛は竹之助の前で、誇らしげに話している。竹之助は何を言われても、その通りだと頷くばかりだ。

「馬鹿なやつらだ」

と思いながら、丑松は店を出た。

表通りは、今日も炎天の日差しのもとにある。空を見上げると、入道雲がでんと居座っていた。蟬の音も絶え間がない。小僧が柄杓《ひしやく》で水を撒《ま》いていた。

丑松は、道の日陰を選んで歩いて行く。灘桜九十樽は運び出されたが、倉庫には次郎兵衛が気まぐれで仕入れた酒樽が山と積まれている。それを売らなくてはならない。

腰には、試飲用の酒徳利《どつくり》をぶら下げている。中の酒が、ちゃぽりと音を立てた。

灘桜は、本家への見栄《みえ》で、販売力を越える量を仕入れた。次郎兵衛は自力では決まった値で売れず、丑松に押し付けていた。そして本家や親戚筋から禁じられている安値にして手放した。

「何が私の腕前だ」

と罵った。

一時凌《いちじしの》ぎをしただけで、身代を削っていることには思い至らない。これまですべてこの調子で、お丹の援助がなければ店は一年も前に潰れていた。

そしてまた、淡路屋利三郎の甘言に乗って、何かをやろうと企んでいる。

「下手をすれば、てめえの首を絞めるぞ」

と見ているが、次郎兵衛は自信満々だ。

何をしでかすのか、様子を見ているが今のところは分からない。そして夜になると、そわそわして女のところへ出かけて行く。

どのような相手なのかは分からないが、いい気なものだ。

「こんなところ、飛び出してやりたい」

と考えない日はない。うちへ来ないかと、言ってくれる店もあった。

相模《さがみ》の貧しい家に生まれた丑松は、口減らしのために十歳で家を出され武蔵屋へ奉公した。商人としての土台を叩《たた》き込《こ》まれた。

武蔵屋に奉公して三年までの小僧は、店を閉じた後、読み書きと算盤の稽古をさせられた。たっぷり半刻絞られる。過去の売掛帖《ちょう》を回して、算盤を弾いた。

その夜は五人だった。計算した結果を、順番に告げる。合っていなければ、「何をぼやぼやしていた」と叱られる。そのときは、一番年嵩《としかさ》の小僧が結果を伝えた。その数字は、丑松が弾いた数字とは違っていた。しかし他の者は、「ご明算」と答えた。

丑松は、絶対の自信があった。だから違うと答えた。他の小僧も、間違いに気付いた者はいたはずだが、声を上げたのが一番年嵩の者だったから何も言わなかった。

「こんな計算も間違えるようでは、丑松も精進が足りない。気合を入れろ」

「そうだ。ぼやぼやするな」

年嵩が言うと、他の者もそれに合わせた。丑松は、思ったことはずけずけ口にする質《たち》だから、嫌う者もいた。ここではさんざんに言われた。

「もう一度、算盤を入れ直しましょう」

丑松は提案した。間違いでしたと頭を下げて終わりにする手もあったが、間違えていないのに、その場の流れで間違えだったとするのは納得がいかなかった。

しかし年嵩の小僧は、それが気に入らなかった。

「生意気を言うな」

算盤の端で、丑松の頭を殴った。殴り返そうとしたところで吉之助が現れた。どうやら様子を見ていたらしい。

「やり直してみなさい」

吉之助は言った。そして自らも算盤を弾いた。

結果は、丑松が正しかった。

「たとえ己一人でも、正しいことを正しいと言えるのは大事だ。そういう気持ちを、大事にしなさい」

他の小僧たちは叱られた。特に、計算違いを知りながら、告げなかったことを吉之助は責めた。丑松は取り立てて褒められもしなかったが、その行動はよしとされた。

他の小僧たちには嫉《ねた》まれたが、気にしなかった。何よりも吉之助が自分を認めてくれたのが嬉しかった。それ以後吉之助は、目立たないところで自分を認めてくれているると感じる言動が度々あった。

嫌なこと悔しいことがあっても、辛抱ができた。

次郎兵衛が分家を持った時、吉之助から支えてやってほしいと告げられた。分家に残っている理由はそれがすべてだが、今の武蔵屋には幻滅していた。ただ三男の卯吉は、二人の兄とは違うと感じていた。見限るのは、もう少し後でもいい。

「武蔵屋のこの先を、内側から見ていようじゃねえか」

そんな考えもあった。

次郎兵衛は、灘桜の在庫がなくなったことで調子づいた。お丹や市郎兵衛の前で在庫がなくなったことを伝え、さらに二十樽を追加で仕入れてきた。本家では見栄を張ったわけだが、売りを押し付けられるのは丑松だった。それも腹立たしい。

灘桜を売るために、今日は麻布広尾町《あざぶひろおちょう》や渋谷宮益町《しぶやみやますちょう》まで足を延ばした。芝界隈は、すでに廻ってしまった。

江戸の中心からは離れているので、鄙びた町だった。目についた小売り酒屋や煮売り酒屋、居酒屋などを訪ねて行く。

「おお、あれは」

まず広尾町で安売りの灘桜に出会った。一樽を二両と銀十匁で売っていた。

「ごめんなさいまし」

下手に出て、初老の主人にどこから仕入れたかを尋ねた。芝の武蔵屋から来たと伝えても、驚く様子はなかった。新川河岸ではないから、違う店だと思ったのかもしれない。

「東金屋佐久造さんという方です」

主人は、ためらいのない口調で告げた。この名は、本家へ行ったとき卯吉から聞いた。大塚仲町や小石川久保町などで見かけたと言っていた。そこへ卸したのが東金屋だった。

「二人は組んでいるな」

と卯吉とは話した。東金屋が何者かは分からないが、江戸の中心から離れたところで、下り酒など扱わない店を狙って安値で売っていることになる。遣《や》り口《くち》は見えた。

この日も卯吉は、寅吉の家でおたえに算盤を教えた。呑《の》み込《こ》みが早いから、やり取りは楽しかった。掛け算や割り算も教える。

「おばあさまは、わたしのことをかまわなくなった」

稽古が済んだところで、おたえが言った。少し寂しそうだった。

お丹は市郎兵衛の囲い者おゆみに市太郎と名付けた男児が生まれてから、関心がそちらへ移った。おゆみは武蔵屋に二軒残っているうちの神田松枝町《かんだまつがえちょう》にある家作に住まわせていた。

すでに市郎兵衛には、小菊への愛はない。ただ義父である坂口屋吉右衛門が背後にいるから、お丹も市郎兵衛も母子を追い出すことはできなかった。

しかしおゆみと市太郎を武蔵屋へ入れたい気持ちは、透けて見えた。

お丹は自分の血縁を大切にするから、おたえを邪険にすることはない。しかし自分に対する態度があからさまに変わったことは、幼いなりに感じるらしかった。

お丹は、家禄《かろく》六百石で新御番頭を務める旗本鵜飼頼母《うかいたのも》の姉である。困窮していた実家への援助もあって、武蔵屋へ嫁いできた。武家から商家へ嫁いだわけだから、初めは苦労をしたらしい。先代市郎兵衛の母、すなわち姑《しゅうとめ》にはきつく当たられたこともあったと、前に勘十郎から聞いた。

そういう経緯もあってか、舅姑《きゅうこ》が亡くなり頭を押さえる者がいなくなると、傲慢さが現れてきた。さらに先代市郎兵衛も亡くなると贅沢《ぜいたく》をするようになったし、実家の鵜飼家へは折に触れて金子の援助をするようになったとか。それも武蔵屋が傾く一因になっているのは明らかだった。

「でも算盤があるから、わたしは楽しい」

おたえは笑顔を見せた。けなげだ。

稽古が済むと、少しばかり二人でたわいのない話をする。

「おとっつぁんとは話をするのかい」

「ううん。ぜんぜん。だからおこられることもない」

「そうか」

話しかけることもないし、かけられることもない。二人で話す、何の話題もないからか。

次郎兵衛が灘桜九十樽を売り切ったことを、お丹は喜んだ。まるで鬼の首を取ってきたような言い方をした。そして矛先を卯吉に向けてきた。

「次郎兵衛は、なかなかやるじゃないか。それに引き換え、あんたはどうだい。もたもたして」

お丹は次郎兵衛がどういう売り方をしたのか分からないから、そういう言い方をして卯吉を責めてきた。次郎兵衛は売り切ったことだけを吹聴し、お丹はその点だけを讃《たた》えたのである。

これまで卯吉が大酒の合戦や献上の酒で尽力したことなどは、まったく認めない。ただ大和屋や坂口屋は卯吉の力を認めているので、その手前追い出すことはできなかった。

他に居場所がない自分と小菊は、似ていると感じる。武蔵屋を出たら、何者でもなくなる。小菊にとって吉右衛門は養父ではあっても、実父ではない。坂口屋へ入ることはできなかった。

「ちょいと、出かけてきますよ」

卯吉が店に戻った夕暮れどき、お丹はそわそわした様子で出かけた。風呂敷《ふろしき》包みを大事そうに抱えていた。松枝町の妾宅《しょうたく》へ、市太郎の顔を見に行くのである。抱えている風呂敷包みは、土産の品だと察しがついた。

それを横目で見ながら、小菊は台所へ入った。女中や小僧を使って、夕餉《ゆうげ》の指図をする。昼の間は、小僧の繕い物をしてやっていた。

五

灘桜は、江戸の中心からやや離れたところで売られ始めた。卯吉は、浅草《あさくさ》や神田、京橋《きょうばし》や芝、四谷《よつや》や市谷《いちがや》あたりもすでに廻った。これから廻ろうとしている大塚や根津《ねづ》あたりには、安値の灘桜が出回り始めていた。

その噂《うわさ》は日が経《た》つにつれて、江戸の中心にも広まってきた。これまでの値で売る卯吉にとっては、極めつけに売りにくくなった。

「仕入れるならば、そちらで仕入れます」

「下り酒も、安売りをするようになったら、おしまいじゃないですか」

そう告げる顧客が続いた。

卯吉はこの件を、一番番頭の乙兵衛に伝えた。

「それはまずいな。どこが卸したのか」

「分家ではないですか。ここの店では、一樽も値引きはしていません」

それは帳面を預かっている乙兵衛が、誰よりも分かっているはずだった。

「早急な対処がなされなくてはなりません。おかみさんに話して、策を練っていただきたいです」

卯吉は、はっきりと伝えた。しかし乙兵衛の反応は鈍かった。

「私からでは、角が立つ。おまえからおかみさんに伝えなさい」

押し付けられた。次郎兵衛の責になるようなことを口にしたら、お丹がどのような反応をするかよく分かっている。面倒なことは、したくない。

何があっても、お丹は認めない。

話せばかえって、卯吉のせいにするだろう。たとえ証拠がなくても、都合が悪くなれば責を押し付ける。

ただ卯吉は、丑松からも麻布や渋谷界隈でも灘桜が安売りされていると聞いていた。伝えないわけにはいかない。怯《ひる》んではいられなかった。

そのとき小僧から、黒い烏帽子《えぼし》を被った狩衣《かりぎぬ》姿の祈禱師が訪ねてきていると伝えられた。母方の叔父茂助だった。

母おるいが生きていたときは、三月から半年ほど江戸で過ごした。今でも江戸へ出て来たときには訪ねてくれた。いろいろな場面で、助けてもらった。

けれどもお丹や市郎兵衛には嫌われている。だから会うときは、いつも店の外でだった。

卯吉は、灘桜一升を買った。茂助に飲ませるためにだ。一升やそこら、内証で抜いても分からない。しかしそれはしなかった。店にある酒は、一滴でも商いの品だ。それを勝手に抜いてしまうことは許されない。

「まあ、飲んでください」

酒徳利を差し出すと、茂助はそのまま口をつけて喉を鳴らした。

「うまいな、灘桜は」

日焼けした顔をほころばせて、茂助は言った。そう告げられると卯吉は嬉しい。茂助は続けた。

「中山道《なかせんどう》を歩いてきた。板橋宿《いたばし》や蕨宿《わらび》で、面白い酒を飲んだ。新川河岸の武蔵屋から仕入れた酒ということでな」

思いがけない話だった。武蔵屋は、二つの宿場のどちらの小売り酒屋にも品は卸していなかった。

「武蔵屋では、田舎廻りをしてまで酒を売ることはない」

お丹は豪語していた。武蔵屋は老舗の大店だという見栄と自尊心があるから、街道の宿場で売ることを認めていなかった。前に卯吉は販路を広げるためには必要ではないかと提案したが、取り上げられなかった。

「そんなことは、落ち目の店がすることだ」

とさえ口にした。すでに武蔵屋は落ち目だということを、受け入れていない。

「何という酒ですか」

それを知らせるために、来てくれたに違いない。

「司錦という酒だ」

聞き覚えのある酒だ。お結衣が、淡路屋が五百樽仕入れたと言っていた品である。

「それを江戸の武蔵屋が仕入れた下り酒として、売っているわけですね」

「まあ、そうだ」

「いくらで売っているのですか」

ここが肝心だ。

「小売値が二両と銀十八匁だ」

安売りした灘桜と、似たような値だった。通常の下り酒ならば考えられない値である。茂助も下り酒の相場や武蔵屋の事情は分かるから、真っ先に告げてきたのだ。

「うちでは、司錦は扱っていません」

新川河岸の問屋ではどこも仕入れていないが、淡路屋という西国の問屋が江戸へ運んだことは伝えた。

「なるほど」

驚きはしなかった。茂助は続けた。

「まあそうであろうな。その酒の味だが、下り酒とは名ばかりの酒だ」

「ほう」

酒好きな茂助だから、舌は肥えている。信じていい評価だった。

「もちろん、雑味の多い地回り酒と比べればはるかにましだが」

地回り酒といっても、いろいろある。値幅は広く、安いところでは四斗樽一つが一両くらいから仕入れられる。

「その酒は、いくらくらいならば妥当でしょう」

茂助はわずかに首を捻《ひね》ってから答えた。

「一両と銀五十匁あたりではないか」

「すると品質からしたら、べらぼうに高く売っているわけですね」

「そうだ。それも江戸の下り酒問屋武蔵屋から仕入れたとしてな」

「ううむ」

極めて厄介な話だった。

翌日卯吉は、丑松を誘って板橋宿へ足を運んだ。

「次郎兵衛のやつ、とんでもねえことをしていやがるじゃあねえか」

話を聞いた丑松は激怒した。何か企んでいるのは分かっていたが、一部が見えてきた。他にもあるかもしれないが、それだけでも受け入れられない話だった。

鄙びた町を通り過ぎて行くと、巣鴨村《すがもむら》となる。このあたりは一面の田圃《たんぼ》で、青々とした稲が広がっている。水が跳ね返す日差しが眩《まぶ》しかった。群れた雀《すずめ》が、空で鳴いている。

何人もの旅人とすれ違う。さらに歩いて行くと、陽炎《かげろう》の向こうに板橋宿が見えてきた。

宿内に入って、草鞋《わらじ》など旅の品を商う店の老婆に訊いた。酒を商う店は、小売り酒屋が三軒、煮売り酒屋も三軒あった。その他に居酒屋もある。江戸入りを目前にした旅人は、ここで一息入れるのかもしれない。

荷を背負う馬の出入りも、少なからずあった。

まず一軒目の店に行った。田舎じみた店だ。その店先に、貼り紙がしてあった。

『江戸の老舗下り酒問屋武蔵屋より仕入れたる銘酒　司錦　一升二百三十文』

と記されていた。ご丁寧に武蔵屋のところには、朱墨で丸を付けている。

「灘桜や福泉なら、一升で二百八十文は取る。この値なら、味のよく分からない者は、喜んで飲むかもしれねえ」

丑松は苦々しい顔になって言った。旅人や宿場の住人だけでなく、近郷の富裕な農家も販売の対象になる。

　ともあれ一合買って、飲んでみた。

「なるほど」

　二人は顔を見合わせた。確かに下り酒ではあっても、下級品といってよかった。

　灘の酒は、伝統ある伊丹《いたみ》や池田《いけだ》の酒と比べても上級の酒として評価が定まっていた。前からの酒に負けない味わいを出せるからだった。

　その理由はいくつかあるが、その第一は六甲《ろっこう》の名水だと言われている。しかしそれだけではない。灘では伊丹や池田ではできない、念入りな精米ができた。

　六甲山からの急な水の流れを利用して、精米を水車によっておこなった。急な流れのない土地では、人の足踏みで精米を行うしかない。その違いは大きかった。

　水車による精米は、米をより多く削ることができる。銘酒と言われる他の土地の酒でも、精米の割合は九割が常識だった。しかし水車を使う灘では、七割まで精米ができた。端麗な味わいの酒になったのである。

「司錦は、精米の割合が低いな。九割にも行っていないのではないか」

　丑松の言葉に、卯吉も頷いた。それならば、安値にできる。だぶついた米で、手間をかけずに拵《こしら》えた酒だ。

「これは、どこから仕入れたのでしょうか」

中年の女房に問いかけた。

「江戸の武蔵屋さんですよ」

「いや、買い付けた相手ですよ」

「それならば、東金屋佐久造さんという方です。灘の問屋の淡路屋利三郎さんという方も、一緒でした」

ここでは五樽仕入れていた。

「ええ、武蔵屋さんのことは知っていましたよ。新川河岸では指折りの老舗だって」

女房は笑顔で言った。値は張るから大きくは売れないが、好んで飲む者はいて、まずまずの売れ行きだとか。

「旅の方では、下り酒として味が落ちると言う方もいますけどね。知らない人には、手の届きやすい値になりました」

「…………」

「武蔵屋さんの、暖簾のお陰ですね」

信頼できる老舗の下り酒問屋を通しての品だから、安心して勧められると付け足した。

他の店にも行った。売っている酒は同じで、卸しに現れたのは東金屋と淡路屋だった。一通り聞いたところで、卯吉と丑松はため息を吐いた。

「次郎兵衛のやつ、とんでもないことをしていやがる」

苛立《いらだ》たし気に丑松は言ったが、どこか呆《あき》れている気配もあった。

下り酒とは名ばかりの安い酒を、武蔵屋の名で高くして売っている。売ること自体は不法ではないが、店としては信用を落とす行為だった。

これはお丹に伝えないわけにはいかなくなった。

六

板橋宿からの帰り道、卯吉はこれからの対応について、さらに丑松と話をした。問題点は二つある。一つは灘桜の安売りで、もう一つは安物の司錦を武蔵屋の屋号を使って売っているということだ。どちらも次郎兵衛が絡んでいる。

炎天下を歩いていると、拭いても拭いても汗が噴き出してきた。丑松は手拭いで、何度も額や首筋をこすった。

「お丹や市郎兵衛に話したところで、あいつらは聞き入れないだろうな。屁理屈《へりくつ》をこねて、おれたちのせいにして終わりにするだけだろう」

丑松は今まで、さんざん勝手なことをされてきた。それが頭にあるから口にしている。

「ええ。でも灘桜を次郎兵衛さんが安売りしたことは、明らかです」

分家の出納を受け持つ竹之助は、売った灘桜の樽数と入った金額を綴りに記載している。丑松は小僧を使って、酒樽を指定された納屋へ運んだ。これについては証言できる。

「いや、あいつは白を切るぞ。とことん卑怯《ひきょう》なやつだからな」

「大塚仲町や小石川久保町などで売られたのは間違いなく灘桜です。安値で売ったのは確かですから、その点では追及できるでしょう」

「それでも次郎兵衛は、知らないと言い張るかもしれないぞ。灘桜を売りに行ったのは、淡路屋ではなく東金屋だった」

次郎兵衛と東金屋の繋がりについては証明できない。丑松は続けた。

「売った相手は淡路屋だ。東金屋の酒など知らないと言い張るのではないか」

「ですが司錦は、東金屋と淡路屋が一緒に売っています。板橋宿のあの女房に、証言してもらいます。二人は同じ穴の貉《むじな》です」

「そうには違いないが、司錦については、次郎兵衛が関わっているという証《あかし》はないぞ」

「はあ」

私は知らない。武蔵屋の名を使うことを認めてはいないと逃げたら、お丹は真に受ける。

「ならば、東金屋が売った司錦が、次郎兵衛さんの関わりであることを明らかにしなくてはなりませんね」

卯吉の言葉に、丑松は悔しそうに頷いた。お丹には、まだ伝えられない。

そこで卯吉は尋ねた。

「次郎兵衛さんが、一日なり半日なり出かけていた日はありませんか」

板橋宿や蕨宿以外でも売っているとなれば、最低でも半日は出かけなくてはならない。淡路屋らに任せきりにはできないだろうから、必ずどこかで同道していると踏んだ。そういう日があって、出かけた先を知る手掛かりがあれば、捜す糸口になる。

「そうだな、あいつは夜によく出かける」

それは女のところへ行くと分かっている。丑松は腕組をして首を捻った。そして六日前に、半日出かけたことを思い出した。

「その日のことを、何か言っていませんでしたか」

「さあ……」

しばらく考えてから口を開いた。

「竹之助に、吉原《よしわら》の話をしていた。行きたかったが、素通りしたとかいう話だった」

真面目に商いをしていると、伝えたかったのだろう。

「なるほど。吉原の近くを通ったわけですね。となると、三《み》ノ輪町《わちよう》か千住宿《せんじゆ》あたりへでも行ったのでしょうか」

灘桜にしても司錦にしても、江戸の外れで売っている。出向いたとしても、不思議ではなかった。

「行ってみましょう」

二人は歩いて行く方向を変えた。

まずは三ノ輪町へ出た。千住裏街道と日本堤《にほんづつみ》の交差するところにある町だ。今戸橋《いまどばし》方面を通らずに吉原へ行く通り道といってもよかった。

小売り酒屋を覗《のぞ》いてみた。

「灘桜が売られています。四斗樽が二両と銀十匁ですね」

新しい貼り紙に目をやりながら。卯吉は言った。司錦はなかった。店に入って、どこから仕入れたか尋ねた。

「東金屋と名乗る方でした。試飲して、灘桜に間違いないと分かりましたから、仕入れました」

若旦那ふうが言った。灘桜の味が分かっていて買ったのである。次郎兵衛も淡路屋も、話には出てこない。

売ったのは東金屋だが、買い入れたのは六日よりも前だった。司錦については、知らないと言った。

「下り酒問屋武蔵屋の名は知っています。安値なのは分かっていたので仕入れました。でも武蔵屋さんが安売りをしない方針だというのは、存じませんでした」

告げられた値を払って仕入れたのだから、問題はないと若旦那ふうは胸を張っている。こちらも責めるつもりはなかった。

さらに千住宿にまで足を延ばした。

「おお、ここでは司錦が売られているぞ」

最初に目についた小売り酒屋の前に立って、丑松が言った。宿内では、大きい方の店だ。板橋宿の小売りと同じように、新川河岸の老舗武蔵屋を前に出した売り方だった。

店にいた中年の番頭に、売りに来たのは誰かと丑松が問いかけた。

「東金屋さんです。前にも仕入れをしたことがある問屋です」

「どこの問屋ですか」

初めて東金屋の素性を知る者に出会えた。

「市川宿《いちかわ》に店があって、利根川《とねがわ》流域で出来た酒の売買をしていると話していました。とはいっても、長く付き合っているわけではないので、詳しくは分かりませんが」

千住宿や板橋宿などの街道の小売り酒屋や居酒屋などに、地回り酒だけでなく、安価な下り酒も卸しているとか。

「今回は、時に司錦を勧められて、十樽を仕入れました」

「味は、試しましたか」

詰問調にはならないようにして、卯吉が尋ねた。新しい酒に、興味を持ったという話し方にしていた。

「もちろんです。下り酒としては上物ではありません。精米も、灘の品としては少ない。ですが老舗の武蔵屋さんの分家が売るというので、仕入れました」

「…………」

「老舗の暖簾を、信じたわけです」

　武蔵屋を強調している。口元に、わずかに笑みを浮かべた。一升二百三十文でも売れると判断したことになる。

　聞いた卯吉は、喉の奥に苦々しいものが湧いたのを感じた。この番頭は、価値のない酒でも、武蔵屋の暖簾で売れると考えた。武蔵屋が目指している売り方ではないが、その点については斟酌しない。

「武蔵屋が扱う品だと、どうして信じたのでしょうか」

　ここははっきりさせたい。

「初めに売りに来たときは、東金屋さん一人だけでした。ですから断りました。でも翌日になって、東金屋さんと一緒に、主人の次郎兵衛さんがお見えになりました」

　どうやらそれが、次郎兵衛が吉原近くへ行ったと話した日らしかった。

「次郎兵衛さんを、知っていたのですか」

「新川河岸に出向いたときに、顔を見たことがあります」

　ならば間違えようがなかった。

「次郎兵衛さんが東金屋さんと来たことを、証言していただけますか」

　ここで卯吉は、自分が武蔵屋本家の手代であることを伝えた。司錦は扱っていないことを話したのである。どのような経緯で司錦が売られているか、知りたいのだと付け足した。

番頭は、驚いた様子だったが、引き受けてくれた。自分の店が仕入れた酒について、本当の事情を知りたいと言い足した。

何であれ、これで次郎兵衛が東金屋と関わりがあり、司錦を売ることにも嚙《か》んでいることが明らかになった。

七

「淡路屋が司錦を五百樽仕入れたとするならば、腰を据えて売るのはこれからだな」

「次郎兵衛さんが、どこまで関わるのかが気にかかります」

丑松の言葉に、卯吉は応じた。安価とはいえ、灘桜を売った金の残金が四十両近くある。けれどもそれを費やすだけでなく、さらに高額な金を運用しようと企んでいる虞《おそれ》もあった。

「金のことは、今の段階では明らかではありません。しかし分家であっても、武蔵屋の名を使った司錦の販売は止めさせなくてはなりませんね」

商家が何よりも大切にしようとするのは暖簾の価値だ。これに傷がつく。

「灘桜の件もあるぞ」

こちらは樽数は少ない。しかし安値の噂は、瞬く間に広がるだろう。在庫が売りにくくなるのは確かだ。

「ともあれ、おかみさんと市郎兵衛さんに伝えます」

「よし。おれは、次郎兵衛を連れて本店へ行こう」

「来ますか」

「千住宿へ行ったことについては、言い逃れはできない。首に縄をつけてでも連れて行くさ。そうでなければ、話が始まらないからな」

お丹がどう出るか、話してみなければわからない。ただ黙認するほど愚かではないと考えた。

武蔵屋に戻ると、お丹と乙兵衛、二番番頭の巳之助がいた。しかし市郎兵衛は出かけていた。話をするならば、市郎兵衛がいる方がいいと考えた。すぐにでも話したかったが堪《こら》えた。

半刻ほどしたところで、帰って来た。そこで卯吉は、お丹と市郎兵衛に、灘桜の販売について伝えたいことがあると告げた。店の帳場で、乙兵衛ら奉公人たちのいるところでだった。

「おまえの話など、聞くに及ばない」

相変わらず、あからさまな物言いだった。しかし今はもう、怯むこともない。伝えるべきことは伝えなくてはならなかった。

「暖簾を汚す出来事です」

あえて暖簾という言葉を使った。

「大袈裟《おおげさ》なことを、口にするんじゃないよ」

市郎兵衛は不快そうな顔で、再び出かけようとした。

「聞いていただけないならば、大和屋勘十郎さんを始めとする親戚筋にお伝えしなくてはなりません」

覚悟を決めて言った。それくらいのことだと思っている。

「何だと」

怒りの目を向けてきた。親戚筋という言葉に、腹を立てたらしかった。頭の上がらない相手だからだ。

「まあ、聞こうじゃないか。その暖簾を汚す出来事とやらを」

お丹が、わずかに舐《な》めた口調で言った。しかし卯吉の真剣さは、伝わったらしかった。

奥の部屋に入り、お丹と市郎兵衛に向かい合った。乙兵衛と巳之助にも同席をしてもらった。

卯吉はまず、灘桜九十樽の安売りについて伝えた。話し終わらないうちに、お丹の目つきが変わった。卯吉は睨《にら》みつけられても、最後まで話した。

「何を言っているんだい。あれは次郎兵衛が、自分の力で売ったんじゃあないか」

「そうだ。おまえはそれをやっかんで、そんな作り話をしているのだろう。どこまで卑怯なやつなんだ」

二人は怒りの口調だ。話の中身の真実よりも、次郎兵衛のしたことが否定されたとして腹を立てていた。

「安売りは、武蔵屋の商いのやり方ではありません。早急に、対処をしなくてはならないでしょう」

二人が言ったことに、反論はしない。こちらが言いたいことだけを伝えた。睨まれても、目をそらさない。

「それが本当ならば、対処はしなくちゃあならない。でもね、次郎兵衛の九十樽だと決まったわけじゃあない。おまえが売った灘桜かも知れないじゃないか」

「そうだ。己がしたことを、次郎兵衛のせいにしているのだろう。性根の腐ったやつだ」

市郎兵衛は、立ち上がろうとした。話を打ち切るつもりだ。

「まだあります」

卯吉は強い声で言った。この母子には、伝えるべきことは、はっきり伝えなくてはならない。察してもらう、などと甘いことを考えていたら何も通らないと身に染みていた。

声を荒らげ、怒りを向けることで、威圧をしようとしてくる。それで引いては、武蔵屋を守ることにはならない。引けばどこまでも付け上がってくる。

「司錦という酒を、淡路屋利三郎が五百樽仕入れ江戸へ運びました」

下り酒とは名ばかりの、質の低い酒だと付け加えた。

「それがどうした」

お丹も市郎兵衛も、武蔵屋には関わりのないことだという顔だ。

「その酒を売るに当たって、武蔵屋から仕入れたとして、割高な値をつけています」

「馬鹿な、そんな話は聞いていない」

驚きを、押し殺す顔で市郎兵衛は言った。

「江戸の中心からは離れたところで売っています。まだ新川河岸には伝わってきていませんが、じきに知られます」

「知らないことだと、撥《は》ね返せばいいことだ」

「いえ、知らないことではありません。次郎兵衛さんが嚙んでいます」

「ふざけるな。またあいつのせいにするのか」

吐き捨てるように言った。乙兵衛と巳之助は、何も言わない。ただ見つめているばかりだ。

そこへ丑松が、次郎兵衛と竹之助を連れてやって来た。

次郎兵衛は、不貞腐《ふてくさ》れていた。しかし座敷《ざしき》で向かい合ったときには、お丹と市郎兵衛には頭を下げた。

「おまえ、灘桜を安値で売ったのかい」

お丹が、甲高い声を上げた。

「何とか、借金を返さなくちゃならなかったから」

「…………」

驚く母と兄。次郎兵衛は、否定すると考えていたらしかった。

しかし次郎兵衛は、すでに分家で帳面や調べてきたことを丑松に突きつけられて、認めさせられた上でここへ来ていた。淡路屋が買い取ったことは、竹之助も丑松も目撃している。隠しようがない。

「今まで、さんざん世話になった。もうこれ以上は、迷惑をかけられないと思ったんだ」

殊勝な物言いをした。お丹に迷惑をかけたくないを強調していた。

「そうかい。あんたなりに気を使ったんだねえ」

一転、お丹は受け入れる口調になった。分家から来た三人の顔を見て、打ち消すことはできないと察したのだろう。市郎兵衛は、何も言わなかった。

そのまま続けた。

「店のことを思ってしたのだから、仕方がない。うちの損とするしかないじゃないか」

「しかし安売りはしないという、武蔵屋の商いとは異なったやり方になります。せめて買い手のもとに残っている品を、取り戻さなくてはならないのではないでしょうか」

卯吉が応じた。これは丑松とも話したことだった。

「余分な出費になるじゃないか」

お丹の声が、弱まった。次善の策だとは分かるらしい。しかし新たな出費となるのを、避けたがっていた。

「そんな金が、どこにあるんだ」

市郎兵衛が、そっぽを向いたまま言った。

「まったくだよ。そもそもこうなったのは、あんたらが灘桜をしっかり売らなかったからじゃないか。あんたらの商人としての腕を、私は買っていたのに」

「…………」

「だから次郎兵衛が、しなくていい苦労をしたんじゃないか」

市郎兵衛も続けた。

「そうだ。恥ずかしくはないのか。申し訳ないとは思わないのか」

二人は、卯吉と丑松に怒りをぶつける言い方をした。

ただそれでは、解決はつかない。お丹なりに、思案をしたらしかった。

「とにかく、引き取る金は何とかしよう。その代わり、おまえたちで取り戻してくるんだ。いいね」

決めつけた。こちらの返事は聞かない。丑松が何か言い返そうとしたところで、お丹がかぶせるように言った。

「自分たちの不始末がそれで済むんだから、ありがたいとお思い」

ふざけるなと、腸《はらわた》が煮えた。引き取りに廻るのは、次郎兵衛の仕事ではないかと考えた。

「何だい、その目は」

お丹は卯吉と丑松を睨みつけた。

「気に入らないなら、出て行ったっていいんだよ。引き止めやしないから」

いつもの言い方だった。そのまま続けた。卯吉と丑松が去った後の武蔵屋が、どうなるか考えていない。

「分かりました」

ともあれ始末をしないわけにはいかないから、受け入れた。

司錦の件についても、話題にした。

「淡路屋から頼まれて、一度だけ千住宿の小売り酒屋へ行った。助けてくれと頼まれた。でもそれだけで、司錦については、それ以外に一切関わっていない」

と次郎兵衛は告げた。東金屋も知らないと断言した。

「嘘《うそ》をつけ」

と卯吉は思う。都合が悪くなると、すぐにばれるような嘘も平気でつく。丑松も同じ思いに違いなかった。

ただ今のところでは、明確な嘘だとする証拠はなかった。こちらの方が重大だが、話を進められなかった。

第二章　分家の番頭

一

「一度卸した品を、また取り戻すってどういうことですか」

「まあ、いろいろありまして」

卯吉が灘桜の買戻しを頼むと、小売り酒屋の主人は不機嫌そうな顔になった。買値で引き取るといっても、聞かないのがほとんどだった。安値で仕入れた下り酒だ。そのまま売りたいのが本音だろう。

武蔵屋とは、取引のない店である。こちらの事情は、伝えられない。恥をさらすようなものだ。

一樽《たる》を一両と銀五十匁《もんめ》で仕入れ、二両と銀十匁で売っている。小売りだから樽で買う客はないにしても、売れ行きは悪くなさそうだと察しられた。

酒を灘から仕入れた武蔵屋の者だと伝えると、それならば返そうという店もなくはなかったが少なかった。値下げさえすれば売れると、分かっているからこそ仕入れたに違いない。

市郎兵衛が四千樽もの大量仕入れをしなければ、妥当な値で売り切ることができた。次郎兵衛も、無理をして三百樽も仕入れなかっただろう。

「こちら様の売値で買わせていただきます」

それで引き取るしかなかった。これはお丹も承知した。馬鹿げたことをしていると思うが、頭を下げて引き取ってゆくしかない。

「いったい何があったのですか」

と問われるたびに、肝が冷えた。

奉公人がやったら、裸で追い出されるところだが、お丹はやはり腹を痛めた我が子には甘かった。こうなったのが、卯吉や丑松のせいだと言うのには開いた口が塞がらない。

「あの婆《ばばあ》と馬鹿どもを殴って、あの場でやめてやろうかと思ったぜ」

丑松は言った。

それでも武蔵屋の暖簾《のれん》には、思いがあるらしかった。

押し付けられた翌日から、二人で手分けして安売りの灘桜を置く店を当たっていた。すでにそれなりの量が売れている様子だが、ある程度は取り戻せそうだった。

このことについて、卯吉は叔父の大和屋勘十郎には伝えた。

勘十郎は先代市郎兵衛の実弟で、日本橋大伝馬町の太物屋大和屋へ婿に入った。酒商いではなかったが、商いの才覚はあって店を大きくした。大伝馬町では、大店《おおだな》として知られる太物屋にした。武蔵屋にも、少なくない商いの資金を出すまでになっている。

お丹に対しても、影響力のある人物だった。

卯吉とは血の繋《つな》がった叔父甥《おい》だから、後見人のような役割をしてくれていた。お丹や市郎兵衛が嫌っても、簡単には追い出せないのは、勘十郎が目を光らせているからでもあった。

大和屋へ行けば、卯吉は親族の一人として扱われる。

「お丹も次郎兵衛も、いい加減に己の愚かさに気付いてほしいものだ」

話を聞いた勘十郎は、嘆息をした。

「このままでは、卯吉がいくら頑張っても、武蔵屋の屋台骨は腐るばかりではないか」

　お丹に意見ができない乙兵衛や巳之助も、情けないと付け足した。

　司錦についても、分かっていることを伝えた。

「丑松さんは、次郎兵衛さんが関わったのは千住宿の一回だけではないだろうと話しています」

「それが事実ならば、武蔵屋への裏切りだ。暖簾を自ら傷つけているわけだからな」

　灘桜の一件よりも、こちらの方が問題だと付け足した。卯吉も同感だ。淡路屋は、司錦を五百樽仕入れている。それを武蔵屋絡みで売られてはたまらない。

「詳細が明らかになったら、お丹が何と言おうと、武蔵屋からは出さねばなるまい」

　勘十郎は、険しい表情になって言った。

　その頃丑松は、何軒かの灘桜の引き取りを済まして、芝浜松町の分家に戻って来たところだった。盛夏の一日が、ようやく終わろうとしている。

　帰宅をしようという通行人がいて、江戸へ着いた遠路の旅人の姿がある。売れ残りを捌《さば》いてしまいたい振り売りが、呼び声を上げていた。

「おや」

忙《せわ》しなさそうに行き過ぎる人の中で、立ち話をしている二人の男の姿が目に入った。商人ふうの外見だが、どこか荒《すさ》んだ気配を醸している。主人と手代ふうで、初めて見る顔だ。

それだけならば気にもしないが、話をしながら二人が目をやっている先は、武蔵屋分家の店舗だった。値踏みをするような目つきが、不審な気配を醸していた。

話し声は聞こえない。さりげなく近づいたが、そのときには二人の会話は終わって歩き始めた。そのままにする気になれなかった丑松は、二人をつけてみることにした。何事もないなら、それでいい。

人通りの多い道を、二人は何か話しながら、迷うことのない足取りで歩いて行く。聞き耳を立てたが、話し声は聞こえない。金杉橋《かなすぎばし》を南へ渡った。すぐに右折して、西へ向かって歩いた。

金杉川に沿った道で、人通りは少なくなった。川の向こうには、増上寺《ぞうじょうじ》の杜《もり》が広がっている。

赤羽橋《あかばねばし》の袂《たもと》に出ると、北へ渡った。そろそろ薄闇が、道を覆い始めている。

二人が立ち止まったのは、増上寺の裏手飯倉《いいぐら》五丁目の瀟洒《しょうしゃ》な建物の前だった。躊躇《ためら》う様子もなく、中へ入った。訪ねたのではなく、帰って来たという印象だった。

近くの種苗屋の前に小僧がいた。

「あれは、どなたのお住まいなのかね」

小銭を与えて問いかけた。

「長田屋治兵衛《ながたやじへえ》さんの家です」

「どういう商いで」

隠居所にも見えるが、入って行った主人らしい男は、まだ四十代前半くらいに見えた。

「詳しいことは分かりませんけど、何でもお金を貸すとか」

金貸しだと聞いて、どきりとした。

次郎兵衛は前に、大きな商いをすると言っていた。そのためには金が要る。まさかそれを、高利貸しから得ようとするのか。

「とんでもない話だ」

呟《つぶや》きが漏れたが、次郎兵衛ならば何をしでかすか分からない。

そこで町の木戸番小屋へ行った。番人にも銭を渡して尋ねた。

「お金を融通していただきたいと考えているのですがね」

「取り立ては厳しいと聞きましたが、阿漕《あこぎ》な金貸しだとは聞きませんね」

さらに、店を閉じようとしていた荒物屋の女房にも問いかけた。同じような返答だった。

町の者の評判は悪くないが、金貸しならば注意が肝要だ。善意で金を貸すわけではない。

大きな商いをするとなれば、百両や二百両はいるだろう。酒商いは利益も大きいが、元手がかかる。

「店を担保に、金を借りようというのか」

長田屋の二人は、武蔵屋分家の建物を値踏みするような目を向けて何やら話していた。断定はできないが、ありそうな話だった。だとすると、対象は司錦しかない。相当のめり込んでいることになる。捨て置けなかった。

二

大和屋を出た卯吉は、北新堀町の船問屋今津屋へ向かった。尋ねたいことがあって行くのだが、それでもお結衣に会えると思うと胸がときめく。

会ったからといって、取り立てててのことを話すわけではない。話の内容は、問題ではなかった。

「まあ、ちょうどいい。心太《ところてん》を拵《こしら》えたところでした」

「それはありがたい」

炎天下を歩いてきた。お結衣の笑顔が心地よかった。

卯吉は、心太は酢醤油《じょうゆ》で食べるものと思っていた。しかしお結衣は、黒蜜をかけたものを出した。初めて馳走《ちそう》になったときは驚いた。お結衣の生まれは江戸だが、東三郎夫婦は西国の出で、向こうでは黒蜜が普通らしい。

「どうぞ」

お結衣が差し出した心太は、酢醤油のものだった。酢の味がぴりっとして、暑さが吹っ飛ぶ。卯吉はこちらの方が好きだと知っていて、配慮をしてくれたのだ。

東三郎は、黒蜜の方を食べる。食べながら、東三郎は思いがけないことを口にした。

「武蔵屋さんには、神田松枝町に家作がありましたね」

「ええ」

誰もが知っているわけではない。しかし東三郎は各種の荷を扱う商売柄、様々な業種の客との付き合いがあって情報通だった。

「そこが売りに出されるという噂《うわさ》を聞きました」

「はあ」

少しばかり驚いて、箸が止まった。

噂だから、事実かどうかは分からない。店でその話題が出ることはなかった。ただあっても不思議ではない話だとは感じた。

武蔵屋の商いは回復基調にはあった。けれども灘桜のような販売量を越える大量仕入れをすれば、不要な支出をしなくてはならない。借りた倉庫代も馬鹿にならないと、乙兵衛はぼやいていた。

市郎兵衛の商いの甘さと、お丹の血族への不要な金子の提供が背景にある。次郎兵衛や実家の鵜飼家からは、折につけて援助の依頼があった。また卯吉が知らない借金が、どこかにあるのかもしれない。

ただ卯吉が気になるのは、松枝町の家作には市郎兵衛の囲い者おゆみと生まれたばかりの赤子が暮らしている。その母子はどこへ行くのかということだった。

「武蔵屋へ入れるつもりなのか」

胸の内で呟いた。そうなると小菊やおたえがどうなるのか、そこが気掛りになる。

吉右衛門の目の黒いうちは無謀なことはできないはずだが、お丹や市郎兵衛ならば何をしでかすか分からない。

武蔵屋にとっては名誉な話ではないから、東三郎はそれ以上は口にしなかった。卯吉は尋ねたかったことを切り出した。

「淡路屋の利三郎さんは、司錦を五百樽仕入れましたが、その荷は新川河岸には運ばれませんでした。いったいどこへ運ばれたのでしょうか」

前にお結衣から聞いたときは、重要なことだとは考えなかった。

「調べてみましょう」

お結衣が、ご府内の配送を記録した綴《つづ》りを持ってきてくれた。紙をめくって、文字を指差した。

「好造《よしぞう》さんが、深川平野町《ふかがわひらのちょう》の倉庫へ運んでいます」

「ご府内で荷を運ぶ船頭さんですね」

顔は知っていた。今は出ているというので、戻るのを待って話を聞いた。好造は三十代半ばの、小柄な船頭だ。

「覚えていますよ。樽廻船《かいせん》で運ばれた下り酒は、おおむね新川河岸に運ばれますが、そうじゃなかった」

深川の木場《きば》に近い東平野町だったので、よく覚えていると言った。

「向こうの船着場では、到着を待っていたわけですね」

荷運びの者たちと、三十代半ばの商人ふうがいた。商人は好造の記憶にある年齢や容姿から、次郎兵衛ではなく東金屋だと察しられた。

詳しく倉庫の場所を聞いて、卯吉は東平野町へ向った。仙台堀の北河岸の町である。

川に沿って歩いていると、材木屋やしもた屋、空き地が現れてくる。材木屋の前を通ると、鋸《のこぎり》を引く音が聞こえてきた。

「これだな」

材木置き場があって、その脇に古びた倉庫があった。番人はいないが、錠前はかけられていた。

赤子を背負った若い女房が通りかかったので、卯吉は問いかけた。

「酒樽《さかだる》が運び込まれたのは、そろそろ一か月になるかならないかくらいの頃です。たまに運び出しているのを見かけますけど。全体から見れば、まだほんの少しだと思います」

だいぶ残っているようだ。まだ売り始めて間もないということだろう。

「この倉庫の持ち主は、どなたですか」

「西平野町の蛭子屋《えびすや》さんという雑穀屋です」

早速行って、初老の番頭に頭を下げて訊《き》いた。店の中にいると、糠《ぬか》のにおいが鼻をくすぐってくる。

「二か月の予定で貸しました。荷主は初め、淡路屋利三郎さんという方でした」

口利きをしたのは東金屋だ。東金屋は仕入れた地回り酒の樽を、たまに置いていたのだそうな。

「では今も、荷は淡路屋さんのものですね」

「いえ、違います。五百樽を買い入れた方が、そのまま使っています」

酒樽の持ち主は、淡路屋ではなくなったと言っている。荷は売れるたびに持ち出した。七、八十樽くらい持ち出したはずだと付け足した。

「酒樽の、今の持ち主はどなたですか」

「芝の、武蔵屋次郎兵衛さんという方です」

「ああ、やはり」

呻《うめ》き声に近いものになった。一番やってほしくないことを、やっている。憤りがあった。卯吉が汗を流し、我慢と辛抱で積み上げてきたものを、その場の思い付きや己の一時の見栄《みえ》のために壊してゆく。

次郎兵衛は東金屋とやって来て、次の月までの倉庫の使用料を払ったとか。それ以降の持ち主は、変わっていないようだ。

次郎兵衛は、司錦に関わったのは、千住宿の小売り酒屋へ行った一度だけだと言ったが、嘘《うそ》をついていたことがはっきりした。

三

卯吉は武蔵屋へ戻った。店の敷居《しきい》を跨《また》いだところで、誰かが声をかけてくるわけではなかった。親しくすれば、お丹や市郎兵衛に睨《にら》まれると分かっているから、手代や小僧は、用があるときにしか声をかけてこない。

乙兵衛も巳之助も、用を押し付けるとき以外は、一瞥《いちべつ》も寄こさない。酒蔵に入って、明日届ける酒樽の確認をした。

「お疲れ様」

そこへ小菊が現れた。冷やした麦湯と団子を、盆に載せていた。夕食の支度の指図をしなければならない刻限で、忙しいさなかだと察しられる。気遣いがありがたかった。

団子も麦湯も、小菊の気持ちがこもっていると思うからうまかった。おたえに算盤《そろばん》を教えているから、その礼の意味もあるのかもしれない。

若おかみなどというのは、名ばかりだ。小菊が市郎兵衛と話をしている姿を、この一年くらい、卯吉はただの一度も見ていない。しかし献上品となった稲飛《いなとび》の品不足の折には、逃げた市郎兵衛に代わって客の苦情対応を行った。

強気に出るだけでなく、折れるところは折れて客を引き下がらせた。芯に強さのある女だと、卯吉は感じている。

ただ松枝町の家作が売られるとなると、小菊の身の上はどうなるのか。ここに残っても、出ても、心中は穏やかではないだろう。幼いおたえも、その渦に巻き込まれる。

自分にはどうすることもできないのが、卯吉には歯痒《はがゆ》かった。

「次郎兵衛さんが、司錦という廉価の下り酒五百樽を一存で仕入れ、危ない売り方をしているようです」

ここまで分かっていることを、かいつまんで話した。

「まあ」

誰にでも伝えられることではない。胸の中にある鬱屈を、信じられる人に少しだけでも出したかった。

「このままでは済みません」

「店は、どうなりますか」

顔が曇った。店に不穏な流れがあることは、感じている様子だ。市郎兵衛からは、日頃理不尽な目に遭わされている。しかし武蔵屋には、市郎兵衛に対するものとは違う思いを持っているようだ。小菊は武蔵屋にある危機について、心を砕いている。己の先行きについては口にしない。不安がないわけではないのだろうが、堪えているのか。七つも歳上だが、不憫《ふびん》にもけなげにも感じた。

「小火《ぼや》で済むよう、できる限りのことをします」

卯吉は答えた。

「おかみさん」

誰かが、小菊を呼んでいる。台所は、忙しい時間だった。空になった湯飲みと皿を持って、小菊は台所へ戻った。

卯吉は後ろ姿を見送った。胸にあることを話せて、ほんの少しだけだが救われた気がした。

店を覗《のぞ》くと、新川河岸の並びに店を持つ備中屋《びっちゅうや》の主人が来ていて、お丹と話をしていた。同じ下り酒問屋仲間の一人である。向かい合う二人は、重苦しい面持ちだ。それで気になって、卯吉は聞き耳を立てた。

「大塚や根津で、灘桜の安売りをしているそうじゃないですか」

それぞれの問屋が自らの資金で仕入れた品だから、いくらで売ろうと、本来ならば他の者がとやかく言う筋合いはない。しかし下り酒問屋仲間では、勝手な安値をつけないという取り決めをしていた。高級品としての下り酒の印象を、壊してしまうからだ。

損を覚悟の投げ売りなどされたら、正当な利を得ようとする問屋はたまらない。武蔵屋も問屋仲間の一員だから、価格についての拘束を受けた。

備中屋は安売りの話を耳にして、苦情を告げに来たのだった。いよいよ新川河岸にも伝わってきたかと思いながら、卯吉は聞いている。

「すみませんねえ」

どう反応するかと思ったが、お丹はあっさりと認めた。頭も下げている。

「分家の奉公人が、勝手な真似《まね》をしましてね。今、取り戻しているところなんですよ」

丑松のせいにした。いかにも迷惑をしているという口ぶりだった。

「暖簾を傷つけるなと、強く叱ってやりました」

と続けた。

「しかし司錦という品質の良くない下り酒も、武蔵屋の名で卸しているというではないですか」

備中屋は、これも知っていた。

「まったく、とんでもない話ですよ」

お丹は司錦の話が出たことに驚きを見せたが、それは一瞬のうちに隠した。腹を立てた様子になって付け足した。

「どこかの問屋が、うちの名を勝手に使っているんですよ。困ったもんです」

被害者面をした。

「…………」

「その問屋を見つけたら、とっちめてやりますよ」

備中屋はこれで引き上げたが、お丹の言い訳は、その場凌《しの》ぎとしか聞こえなかった。さらに具体的なことが分かれば、こんな返答では済まなくなるだろう。

お丹は、ふうとため息を吐いた。備中屋は、必ず他の問屋仲間にも話すはずだった。すぐにも対応を練らなくてはならないところだが、その気配はなかった。

「備中屋も、細かいねえ。まったく」

傍にいた乙兵衛に、吐き捨てるように言った。

「はあ、まったく」

乙兵衛は、ぼそぼそとした声で応じた。

「しょうもないやつらだ」

胸の内で呟いた卯吉は、表の通りに出た。ここまでのことについては、丑松にも伝えなくてはならない。向こうが調べて何か分かったことがあるなら、聞いておきたかった。

河岸の道を歩き始めたところで、目の前に白い狩衣《かりぎぬ》姿の祈禱師《きとうし》が現れた。錫杖《しゃくじょう》を手にした茂助だった。

「あれから、日光街道《にっこうかいどう》へ向かったぞ」

一度祈禱の旅に出ると、三月や半年は江戸へ帰らない。しかし街道に出て、すぐに戻って来た。伝えたいことがあるのだと察しられた。

「各宿場では、灘桜よりも江戸の老舗武蔵屋から仕入れたとする司錦が売られているぞ」

備中屋が話題にした通りだ。

「値は、いくらで」

　ここが知りたいところだ。

「四斗樽一つが、二両と銀十八匁だ。仕入れ値は一両と銀五十匁でな。板橋宿での値と同じだ」

　店の祈禱をした上で、主人から聞いたそうな。

　質を考えれば、相変わらず高値の販売だ。地方では武蔵屋の暖簾があるから売れるが、早晩武蔵屋は、約定を守らない阿漕な酒問屋になる。質の良い酒を、適価で売るという商いの形が壊れる。

　卯吉にとって辛《つら》いのは、店と暖簾を守れとした先代市郎兵衛や吉之助の遺言を守れないことだ。

　ここで卯吉は、深川東平野町の倉庫に司錦四百樽ほどが置かれていて、次郎兵衛のものになっていることを伝えた。小売り酒屋へ顔出しをしたのは、千住宿へ行った一回だけだという嘘を吐いたことにも触れた。

「次郎兵衛さんは、暖簾を汚すことよりも、司錦を売ることに目を奪われています」

「分家も、追い詰められてはいるのだろう」

「それにしても、無謀な話です」

「安いとはいえ、下り酒には違いない。司錦五百樽を仕入れる金をどうやって作ったか。それが問題だな」

茂助に言われて、卯吉の喉の奥に苦いものがこみ上げた。

四

卯吉と茂助が芝の分家に着いた頃には、西日はすでに増上寺の杜の向こうに沈もうとしていた。商家には明かりが灯《とも》っている。店の戸を閉める小僧の姿が、あちらこちらに見かけられた。

分家も、小僧が戸を閉めているところだった。丑松を呼び出した。

「おれも、おまえを訪ねようと思っていたところだ」

店の軒下の暗がりで、三人は向かい合った。丑松は、飯倉五丁目の金貸し長田屋治兵衛の話をした。

「なるほど。司錦五百樽の金の出どころはそこか」

卯吉と茂助は顔を見合わせた。

そこで卯吉は、淡路屋が仕入れた司錦五百樽が深川東平野町の倉庫に運ばれ、持ち主が次郎兵衛になったことを伝えた。また備中屋が持ってきた苦情とお丹の対応、茂助が調べた宿場で売られていた司錦についても話した。

「くそっ。おれのせいにしやがって」

丑松は、お丹の弁明に腹を立てた。

「しょうもないやつらのために、おれたちが苦労をする」

と続けた。その怒りと不満は、卯吉にもあった。己のしていることが、武蔵屋の暖簾を汚していることに気付かない鈍さや愚かさ、また気付いていても弱さに負けてしまうことへの憤懣《ふんまん》だ。

挙句の果てには、奉公人のせいにする。

「お丹は次郎兵衛を庇《かば》うだけだ」話をしても、無駄だろう。

「大和屋さんに話すしかありませんね」

茂助の言葉に、卯吉が頷《うなず》いた。もう武蔵屋の中だけでは解決がつかない。

「うむ。しかし言い逃れをさせないためにも、もう一つ事をはっきりさせておこう」

長田屋へ行って、証言を得ておこうというのが茂助の意見だった。

「いきなり訪ねて、貸し借りの詳細を話すでしょうか」

「それはないだろう」

卯吉の疑問に、丑松が応じた。

「まあ、当たってみよう」

三人で、飯倉へ向かうことにした。すでに日は落ちていたが、人通りはまだ多かった。夕涼みに出てくる者もいる。

赤羽橋を渡って、飯倉界隈《かいわい》に入った。増上寺と武家地に挟まれた狭い地域だ。

「あれが、長田屋です」

丑松が、瀟洒な隠居所ふうの建物を指差した。しかし茂助は、そのまま前を通り過ぎた。足を止めたのは、飯倉二丁目の味噌《みそ》醤油《しょうゆ》商いの店の前だった。このあたりでは、大きな店だ。

すでに戸は閉められていたが、建物の中に明かりが灯っている。茂助はここで、提《ちょう》灯《ちん》に明かりをとらし卯吉に持たせた。そして建物の前で直立した。

錫杖を鳴らし、太玉の数珠を繰って音を立てた。

「やっ、やっ」

祈禱を始めた。腹に染み渡る見事な声だった。

「瑞兆《ずいちょう》、瑞兆。この家に瑞兆あれかし」

卯吉も丑松も、息を吞《の》んでその姿を見詰める。提灯の淡い明かりに照らされた白い狩衣に烏帽子《えぼし》を被《かぶ》った茂助の姿が、神々しくさえ感じられた。

行き過ぎる人たちが立ち止まった。

建物の中でも、祈禱に気がついたらしかった。閉じられていた戸が、内側から開けられた。主人らしい夫婦と奉公人が姿を現《あらわ》して直立し、瞑目《めいもく》合掌をした。数珠を鳴らし、祈禱が終わった。

「ありがとうございます」

初老の夫婦が、頭を下げた。女房が、おひねりを茂助の袖に落とし入れた。茂助とは、知り合いらしかった。

「いやいや。急に参って、無礼をいたした」

「とんでもないことでございます。前の御祈禱のお陰で、娘は安産となりました」

「それは重畳」

ここで茂助は、主人に長田屋について尋ねた。

「取り立てて親しいわけではありませんが、通りで会えば挨拶くらいはいたします」

町の旦那衆の一人として知っている、という程度らしかった。親族の者が金を借りようと考えている、どのような人物なのか知りたいのだと伝えた。

「お金を貸す稼業というのは存じていますが、詳しいことは分かりません。ですが町のことは、よくなさいますよ。月行事《がち》を務めたこともあります」

　町では、信頼のある人物らしかった。

「阿漕な金貸しではないのだな」

「それは聞きませんね。担保になるものがなければ貸さない、という話は聞いたことがあります」

　これは金貸しとして、当然だろう。

「気になることがおありならば、お訪ねになって、直《じか》に話をお聞きになったらいかがでしょう。取り交わす約定についてはどうにもならないと思いますが、親族として知りたいと伝えれば、話の分からない方ではありません」

「なるほど」

「私の名を出していただいて、かまいません」

　ということで、三人で長田屋へ行った。

　茂助が訪ないを入れて、治兵衛と面談した。味噌醬油屋の主人の名を出したので、会ってもらうのに手間はかからなかった。

「お手数をかけます」

　茂助は頭を下げてから、卯吉が武蔵屋分家次郎兵衛の実弟で、本家の三男坊であることを伝えた。借金をどうこうしようというのではなく、確かな事情を知りたいと話したのである。

治兵衛の眼差《まなざ》しは鋭くしたたかそうに見えたが、茂助は怯《ひる》まない。

「五百両を貸しました」

問いかけに治兵衛は、あっさりと答えた。不当な貸借ではないですよと、目が言っている。

利息は六月中に返せば五分、七月になったら一割、八月になったら一割五分、九月になったら二割を受取る。

「低利とは申しませんが、何しろ五百両という大金です。ご納得をいただいた上での取引です。次郎兵衛さんの署名が入った証文も、いただいています」

証文も見せてよこした。九月末を期日として、それまでに返せなければ、店と土地を差し出すという但し書きがしてあった。

「ああ」

卯吉と丑松は声を上げた。

次郎兵衛は、遅くとも九月末までに売り切るつもりだ。無茶な話だとも思うが、仮に売れたとしても、やろうとしている売り方ならば、本家までが悪評にさらされる。

下り酒問屋仲間からも外されるだろう。

同業の問屋仲間を舐《な》めてはいけない。

「これは、大和屋勘十郎さんに加わってもらわなければなるまい」

長田屋を出たところで、茂助は言った。そして司錦の五合の徳利《とっくり》も渡された。勘十郎に飲ませろという意味だ。

「手間をかけます」

することに手抜かりがない。改めて礼を口にした。ありがたかった。

「いや、旅回りはわしの仕事だ。ついでのことだ」

茂助は笑った。ついでではなく、卯吉のために宿場の小売り酒屋を訪ねてくれたのだ。

「おまえは姉おるいが生んだ、たった一人の子どもだからな。わしにとっては、唯一の血縁の者だ」

「はい」

胸に染みる言葉だ。そして考えた。お丹とは無縁だが、市郎兵衛と次郎兵衛は、父を通して血が繋がっている。

「何ということか」

お丹が自分を嫌う気持ちは理解できるが、兄二人は違う。血の繋がりとは何か、無念の気持ちが湧いてきた。

五

翌日卯吉は、灘桜を売りに行くと伝えて武蔵屋を出、大伝馬町の太物屋大和屋へ行った。朝から強い日差しが照らしてきて、今日も暑い一日になりそうだった。あちらこちらから、蟬《せみ》の音が聞こえてくる。

大和屋の敷居を跨いだ卯吉は、叔父にぜひとも伝えなくてはならない話があると告げた。

すでに司錦について、疑義があることは知らせていた。向かい合って、さらに店を担保にして金を借りたことなど、新たに分かったことをすべて伝えた。

その上で、司錦を試飲してもらった。勘十郎は太物屋でも、酒の味は分かる。

「これは下り酒でも、精米の割合が低いな。仕入れ値は、せいぜい一両といったところだろう」

口に入れた酒を舌の上で転がしてから、勘十郎は言った。

「そうだと思います」

卯吉は答えた。確かめるまでもないと思っている。

「これで卸値一両と銀五十匁、小売値で二両と銀十八匁から二十匁というのは暴利だな。味の分からない者に、武蔵屋の暖簾で売ろうとするのだから質《たち》が悪い」

「まことに」

「暖簾を汚す行いだ。すぐにもやめさせなければならないが、すでに金を借りて仕入れてしまったのは厄介だな」

五百両という額が、胸に響く。

「大おかみが、また口を出すかと存じます」

「それをさせたら、武蔵屋はもう支えが利かなくなるぞ」

勘十郎が口にしたが、卯吉の思いでもあった。

「何であれここまできたら、分家のこととして、次郎兵衛に始末をさせなければなるまい」

「始末ができなければ、どうなりますか」

「店を奪われ、酒商人としては生きられなくなるだろう」

次郎兵衛は、前にも騙《だま》されて借金の保証人になるなどの不始末をしでかした。勘十郎はそのことにも触れた。

「親戚たちと、武蔵屋に金を出している者を集めよう。お丹や市郎兵衛では、もはや埒《らち》はあかぬ」

そして坂口屋吉右衛門にも声をかけるように命じられた。吉右衛門は小菊の養父だが、近い縁筋とはいえない。しかし下り酒問屋仲間の肝煎《きもい》りなので、来てもらうのは妥当だと思われた。

「吉右衛門さんは、武蔵屋に少なくない金を貸している。その金が失われることを、容赦しないだろう」

小菊を簡単に離縁できない事情も、そこにあった。

大和屋を出た卯吉は、鉄砲洲本湊町にある坂口屋へ足を向けた。吉右衛門からは、何かあったら訪ねて来いと言われていた。

広い間口で、名の知られた下り酒の樽が並んでいる。店は忙しなさそうな様子だったが、卯吉は顧客と商談をするための部屋へ通された。

四半刻近く待たされたが、吉右衛門と向かい合うことができた。卯吉は、武蔵屋分家の状況と、それに対するお丹と市郎兵衛の対応について話した。勘十郎からは、すべて隠さずに話せと告げられていた。

吉右衛門は身じろぎもしないで、卯吉の話を最後まで聞いた。驚く様子はなかった。

「灘桜の件はもちろん、司錦についても、いろいろ言ってくる者はすでにあった」

吉右衛門は、厳しい眼差しで応じた。さすがに問屋仲間の肝煎りで、ある程度の話は耳にしている様子だった。じっとしていても、様々な報が向こうから飛び込んでくるのかもしれない。

「それにしても次郎兵衛は愚かだな。先を見る目がまったく育っていない」

ここでため息を吐いた。腹を決めたという表情になって、言葉を続けた。

「もはや店を張る器量がないことは明らかだな。お丹もお丹だ」

吐き捨てる口調で言った。そこには神田松枝町の家作を売ろうとしていることも含まれているのではないか、卯吉はふと思いついた。家作を売りに出したという話は、すでに今津屋も知っていた。当然吉右衛門の耳にも入っているに違いない。

「ここまで、よく調べた。噂として耳にしたことが、はっきりした」

ねぎらいの言葉をかけてきた。卯吉の説明に、納得したらしかった。

「はっ」

「早急に、縁者が集まるようにしよう」

これでお丹が、勝手に握り潰すことができなくなった。

坂口屋からの帰り道、卯吉は新川河岸で、どこかに出かけた帰りらしい小菊とばったり会った。卯吉は吉右衛門に報告をしたことを伝えた。

「いよいよですね」

「はい。次郎兵衛さんはもちろんですが、お丹さんも追い詰められます」

「お丹さんは松枝町の家作を売って、次郎兵衛さんを庇うのでしょうか」

寂しげな口調だと感じた。卯吉は、胸が締め付けられるような気持ちになった。松枝町の家作を売ろうという話があるのを知っているようだ。

武蔵屋は、日本橋富沢町《とみざわちょう》にもう一軒家作を持っている。こちらは商家の建物で、定期的な賃収入がある。手放すならば、松枝町の家作となるが、今住んでいる者をどうするかという問題が残る。

「おそらくお丹さんは、庇い切れません。庇ったら、間違いなく武蔵屋は修復できないことになるでしょう」

それは間違いないと考えられた。

翌日、大和屋勘十郎と坂口屋吉右衛門の連名で、『武蔵屋に関わる大事』とした書状がお丹のもとに届いた。二日後に、坂口屋に金主となっている親族が集まる。市郎兵衛だけでなく、次郎兵衛と卯吉も来るようにと付け足しがあった。

「何だよ、仰々しい。こちらは忙しいのに」

書状を読み始めて、お丹は一瞬顔を顰《しか》めた。しかしすぐに強がりを口にした。

「いったい、何があったんだい」

卯吉に問いかけてきた。

「分家の話だと思います」

「どんな話だよ」

薄々は、分かっているはずだった。

「行けば分かります」

縁筋でもある下り酒問屋の肝煎りが、親族を集めた。これに行かなければ、一同は出している金子を引き上げる。

そうなったら武蔵屋は、明日にも潰れるだろう。

お丹は憎悪の目を向けたが、何かを言うわけではなかった。市郎兵衛は、一瞥も寄こさない。しばらくして次郎兵衛がやって来て、三人でこそこそ話していたが、店は何事もないように商いをした。

六

親族会議の当日、空には薄《う》っすらと雲がかかっていた。それで涼しくなるわけではなく、朝から蒸し暑かった。じっとりと湿気が膚《はだ》にまとわりついてくる。

卯吉は早めに坂口屋へ行った。襖《ふすま》を開けて、十二畳二つを広く使う形だ。障子も開けて、風通しがよくなるようにした。座布団を並べた。

吉右衛門と勘十郎の他に、以下の四人が顔を見せる。

但馬屋《たじまや》又左衛門《またざえもん》　五十四歳　新川河岸の酒問屋　先代市郎兵衛の従弟
相模屋《さがみや》七郎兵衛《しちろべえ》　四十二歳　京橋の繰綿《くりわた》問屋　先代市郎兵衛の母親の実家の跡取り
三園屋《みそのや》清吉《せいきち》　四十七歳　蔵前通《くらまえどお》りの札差《ふださし》　先代市郎兵衛の妹の嫁ぎ先
梶田屋《かじたや》亀右衛門《かめえもん》　三十九歳　神田の呉服屋　先々代市郎兵衛の弟が婿となった店の跡取り

この四軒は縁戚というだけでなく、勘十郎や吉右衛門と同様に、武蔵屋に少なくない金を出している。もちろん先代の市郎兵衛は、これらの店にも資金を貸していた。持ちつ持たれつの関係でやってきた。親しい関係ではあっても、互いの利益を守るためには、ときに厳しい意見を交わし合った。

吉右衛門や勘十郎を含めた六人の問いかけに対して、お丹と市郎兵衛は説明し納得させなくてはならない。また反対の意見を述べることもできる。しかし決まったことについては、従わなくてはならなかった。

「商いはいかがですか」

「まずまずですねえ」

やってきた者同士が、挨拶をする。年に二、三度しか会わない者もいる。六人の縁者が顔を揃《そろ》えた。一同が揃うのはこういう集まりか、法事の時くらいだ。

お丹と市郎兵衛、次郎兵衛も刻限に遅れずに現れた。卯吉は親族の扱いで、しめて十人となる。

次郎兵衛は何を責められるか分かっている様子で、おどおどしていた。武蔵屋で見せる様子とはまるで違った。震える指先を、片方の手で押さえた。お丹の顔も強張《こわば》っていた。

卯吉は末席に腰を下ろした。

一同が座についたところで、吉右衛門が声を上げた。

「武蔵屋分家が商う灘桜と司錦について、今後の対応をお諮りいたしたい」

それぞれの考えを聞いてまとめ、お丹や市郎兵衛に進言するという形ではなかった。ここでの話し合いで決める。お丹や市郎兵衛が受け入れないならば、すべての者が出資金の返却を求めることを前提にした言い方だった。

武蔵屋の屋台骨はぼろぼろだから、お丹や市郎兵衛は決まったことを撥《は》ね退《の》けられない。

「灘桜の卸値は、二両と銀十四匁となっている。しかし渋谷や大塚あたりでは、二両と銀十匁で小売り酒屋が売っている。これは分家が九十樽を、淡路屋利三郎なる者に安値で売ったからだ」

告げた吉右衛門は、分家の番頭竹之助がつけていた売掛帖《ちょう》を出して一同の者に回した。一人一人が、手に取って検《あらた》めた。

事前に竹之助から、取り上げていたと察しられる。することが周到だった。次郎兵衛は、慌てている。知らなかったらしい。

「ううむ。これは」

売掛帖を目にした親戚筋の者たちは目を見合わせ、呻き声を上げた。

「売れる見込みのない酒を三百樽も仕入れ、四十二両もの損失を出した。これはもう、商いではありませんな」

梶田屋が言った。嘲笑《あざわら》うような言い方だった。

「良い品を適価で売る。それが武蔵屋の商いだ。だからこそ、信用を得られてきた」

「いかにも。勝手な安売りは、その酒の信頼を傷つける。我々が金を出したのは、縁筋であるというだけではありませんよ。武蔵屋が、暖簾に恥じない商いをしているからです」

但馬屋と三園屋が続けた。他の者は、大きく頷きを返した。

これは先日した武蔵屋本家でのやり取りでも、次郎兵衛は認めている。ここでは言い訳もできずに、頭を下げた。日頃頭を下げることなどできない質だが、今日はさすがに立場をわきまえてか神妙だった。

さらに吉右衛門は、仕入れた司錦を相場よりも高値で売っている話をした。店と土地を担保にして五百両を借りたことにも触れた。

「灘桜は己の損だが、こちらは阿漕なやり方ですな」

相模屋が吐き捨てるように言った。

「店や土地を担保にして五百両を借りたのは、まことですか」

信じがたいという顔で、但馬屋が問いかけた。

「そ、それは、何かの間違いで」

「ええ。そのようなことを、勝手にするわけがありません」

次郎兵衛は神妙に言い、お丹が加勢をした。それで押すつもりらしかった。しかし吉右衛門は、感情を交えずに言った。

「貸したのは、飯倉五丁目の長田屋治兵衛という方です。私は行って、証文を見せてもらいました」

「………」

「認めないならば、ここまで来ていただきますよ」

冷々たる口ぶりだ。次郎兵衛は、それで体を震わせた。

吉右衛門がすぐに集まりをせず日を空けたのは、卯吉が話したことの裏を取っていたからだと気がついた。

「分家の土地と店舗は、主人とはいえ次郎兵衛さんが、己の才覚で得たものではない。武蔵屋が出したものだ。ならば私たちが出した金子も、混じっていることになる」

「そうですね」

但馬屋が上げた怒りの声に、三園屋が相槌《あいづち》を打った。

「それを何の断りもなく、しかも阿漕な商いのために、担保にしたのか」

「とんでもない話ですね」

一同の者は決めつけた。

次郎兵衛とお丹は、言葉を返せず頭を下げたままだ。市郎兵衛は何か言いたそうにしたが、声にならない。おろおろするばかりだ。

「責めたい気持ちは私もあるが、それよりも肝心なのは、この件をどう始末するかです。そのためにお集まりいただきました」

吉右衛門が、一同を見回した。

「五百両の借金をどうするかですね」

梶田屋が言ったとき、お丹が顔を上げて口を開いた。

「松枝町の家作を売ろうと思います」

その金で返すという算段だ。しかし吉右衛門が、強い口調で応じた。

「それは許さない。あの家作だとて、武蔵屋の資産だ。もし売るというならば、私たちの金を返すべきだ」

「いかにも。愚か者の後始末に使われてはたまらない」

但馬屋の意見も厳しかった。

「それに今あそこに住んでいる者を、どうするのか」

怒りのこもった、吉右衛門の言葉だった。金の使い方だけに向けられた怒りではなさそうだ。

お丹は言葉を呑んだ。吉右衛門以外の者も、家作に誰が住んでいるか分かるから、怒りの目を向けるだけだった。

ここで、これまで発言のなかった勘十郎が口を開いた。

「ことここに至った以上、仕入れてしまった酒を返すことはできない。商いは成り立っている。しかしこの司錦という酒を、武蔵屋の名で、今売っている値で売らせるわけにはいかない」

当然の発言だと、卯吉は頷いた。

ここで吉右衛門は手を叩《たた》いた。すると手代の尚吉が、五合の酒徳利と杯を盆に載せて現れた。一人一人に杯を渡し、司錦だと断って酒を注いだ。

一同が、杯の酒を口に含んだ。味と価値の分かる者たちばかりだ。

「確かに灘の酒だとは思うが」

相模屋が呟いた。

「これを一樽の卸値が一両と銀五十匁というのはとんでもない。知らぬ者を騙し討ちにするようなものだ。せいぜいが一両と銀二十五、六匁といったところだろう」

但馬屋が決めつけた。

「妥当な値ですね」

「その値で、次郎兵衛さんに売ってもらいましょう。もちろん、武蔵屋の暖簾を外してもらって」

但馬屋が言い、勘十郎が仕入れ値を一樽一両と確認した上で言葉を引き継いだ。

「卸値が一両と銀二十六匁では、利は薄い。しかしそれを苦にするようでは、商人としてやれない。覚悟を決めてもらうしかないですな」

俯《うつむ》いたままの次郎兵衛に目をやった。

「九月になっても売れなければ、どうなりますか」

「店と土地は手放すことになる。店の主人ではなくなるということです」

相模屋の問いかけに、勘十郎は答えた。ただこれだと、次郎兵衛の身はともかく分家の店と土地は奪われる。但馬屋や三園屋は、不満らしい顔をした。

勘十郎は、さらに言葉を足した。

「次郎兵衛には、腹を括《くく》って事に当たってもらわなければならない。そこで退路を断っていただく」

「どうするのですか」

「武蔵屋本家の当主市郎兵衛さんには、次郎兵衛さんを久離《きゆうり》としていただく。本家は、一切の援助はしないということです」

「ううむ」

腕組をした但馬屋が唸《うな》った。勘十郎は厳しいことを口にしたようだが、そうではない。金のことは置いて、次郎兵衛に最後の機会を与えてほしいと提案をしたのである。久離は縁切りだが、事情が変われば取り消すことができる。

「お、お待ちください。久離だなんて、それではあまりに不憫な」

お丹が、悲鳴のような声を上げた。

「何を言うか。あんたが甘やかし、いつも尻拭いをしてきたから、こうなったのではないか」

但馬屋が一喝した。語気の強さに、お丹は体を縮こまらせた。市郎兵衛は親戚一同の剣幕を目の当たりにして、ものを言う気力をなくしていた。

「では、勘十郎さんがおっしゃる形といたしましょうか」

一番厳しいことを口にしていた但馬屋も、納得したらしかった。

次郎兵衛は久離、武蔵屋の看板は下ろさせる。司錦は卸値一両と銀二十六匁として販売し、九月末までに次郎兵衛が売り切る。それで借金返済ができなければ、次郎兵衛は主人でなくなるだけでなく、親族でもなくなる。

「まあ、そんなところでしょう」

次郎兵衛では無理だろうという空気がある。しかしそれも止《や》むなしと、皆が感じている様子だった。次郎兵衛を、切り捨てるという判断だ。温情をかけてこの場を救っても、また次に必ず何かをしでかす。被害をこれ以上大きくしないためには、ここで切り捨てるのが得策だという商人の計算があると卯吉は察した。

しかしここで、お丹が声を上げた。縋《すが》るような声だった。

一同が目を向けた。

「次郎兵衛の店に、卯吉をお入れくださいまし。卯吉は血を分けた弟です。兄の苦境を救ってもよかろうと存じます」

この発言に、卯吉は仰天した。公の場面で、お丹は卯吉を武蔵屋の子だと認めた発言になるからだ。初めてのことだ。

他の者も、驚きの目を向けた。

ただ卯吉にしてみたら、嬉《うれ》しい話ではなかった。とんでもない話といっていい。武蔵屋分家は泥船どころではなく、底の抜けた船のようなものだった。それに次郎兵衛と乗れと言われたのである。

何も言えないが、卯吉は首を横に振った。

しらっとした空気が流れた。お丹の身勝手さを皆が感じたからだ。しかし勘十郎は、頷きを返した。

「それでよいのではないですか。ただし手代として、次郎兵衛の下働きをするのではない。一番番頭となり、目付け役として入るということだ」

「なるほど。これはいい」

但馬屋が、機嫌を直して頷いた。

「卯吉には、びしびしやってもらおう」

相模屋が言い、他の者は大きく頷いた。異議を申し立てる者はいない。

「どうだ、不満はあるか」

勘十郎の物言いは、気に入らないならばこの話はなしだと伝えていた。

「いいえ、とんでもないことで」

お丹と市郎兵衛、そして次郎兵衛は頷くばかりだった。次郎兵衛だけでは、司錦を売り切ることができないと誰もが考えている。

卯吉にしてみれば受け入れたくない話だが、口を挟める状況ではなかった。

第三章　神宮の御守《おまもり》

一

卯吉を始めとして、お丹と市郎兵衛、次郎兵衛は新川河岸の武蔵屋へ戻った。勘十郎も一緒だった。

お丹は、乙兵衛ら番頭と手代以上を奥の広間に集めて事態を伝えた。勘十郎が同席したのは、いい加減にはやらせないという、吉右衛門ら親戚一同の強い気持ちがあるからだった。

次郎兵衛一人では分家は建て直せないが、卯吉が加われば分からないという考えがあると察した。厳しいことを口にしたが、皆は分家がどうなってもいいと思っているわけではなかった。

「さようで」

乙兵衛は、ほっとした口調で言った。二人の番頭は、次郎兵衛が久離《きゅうり》となることで、厄介の種が減るとほっとしたのかもしれない。手代たちも、同じようなものだ。もともと次郎兵衛になど、何の思い入れもない者たちだ。

「それで芝のお店は、どのような屋号になりますんで」

巳之助が問いかけた。

「司屋《つかさ》とします」

お丹が答えた。但馬屋の提案だった。司錦を売る意気込みを表したものだ。店が残ったら、屋号のいわれを胸に染みこませて精進しろという意味が含まれている。居合わせた面々も、それがよいとした。

さんざんにやられた次郎兵衛は、さすがに神妙だった。ただ胸の奥でどう考えているかは分からない。追い詰められていることだけは、分かっただろう。

市郎兵衛は、どこか不貞腐《ふてくさ》れた様子だ。普段は次郎兵衛の肩を持つが、今日はそれどころではなかった。持てば火の粉が飛んでくる。自分は関係ない、いい迷惑とでも言いたそうな表情だった。

「あんた、今日からこれを着るんだ。番頭だからね」

お丹が夏羽織《ばおり》を持ってきた。勘十郎の指図があってのことだ。かつて吉之助が身につけていたものだ。番頭の証《あかし》、という意味もある。

番頭と呼ばれる身になったわけだが、嬉《うれ》しさや満足感は微塵《みじん》もなかった。他の手代たちも、羨んだり嫉《そね》んだりする気配はなかった。むしろいい気味だと見ている気配さえあった。

「また尻拭いをさせられるのか」

胸の内で呟《つぶや》いた。

「怯《ひる》むな。思ったとおりに、次郎兵衛を動かせ。今度甘やかしたら、こいつは本当に終わりだ」

一同のいる前で、勘十郎は言った。お丹も市郎兵衛も、言い返せなかった。

用が済んだ勘十郎は、大和屋へ戻った。卯吉は乙兵衛や巳之助に挨拶をし、朋輩《ほうばい》だった手代にやっていた仕事の引継ぎをした。冷ややかな態度で、面倒なことを押し付けてきたやつらだ。嫌がらせもされた。

彼らに特別な気持ちは湧かなかった。

一通り済んでから、荷造りをした。今日から分家で暮らす。とはいえ荷は、風呂敷《ふろしき》包み一つだけだった。

そこへおたえがやってきた。卯吉が店を出ることを、聞きつけたらしい。

「寂しくなるね。算盤《そろばん》も習えなくなる」

目を向けて言った。その姿が、たまらなく愛らしくて不憫《ふびん》だった。卯吉は頭を撫《な》でた。

「司錦という酒が売れたら、戻ってくる。それまでの間だ」

そうでなければ、やっていられない。ただ囲われ者のおゆみが武蔵屋へ入ることはなくなった。それには安堵《あんど》した。

「ほんと」

「もちろんだ」

「じゃあ、早く売ってね」

当然、そのつもりでいる。武蔵屋の暖簾《のれん》はなくても、精魂込めれば馴染《なじ》みのない酒でも売れて行くだろう。売らなくてはならない。

「それから、これ、持っていって」

おたえが差し出したのは、御守袋だった。見ると、大酒の合戦をやった土地の産土《うぶすな》新川大神宮《しんかわだいじんぐう》のものだった。

「今、おっかさんと行って、貰《もら》ってきたの」

「そうか、ありがたい」

話を聞いて、二人で出かけたのだ。小菊とおたえの気持ちが伝わってきた。一度さげてから、大事に懐にしまった。

店の裏手にある酒蔵へ行くと、茂助が姿を現した。坂口屋であったことを、すべて伝えた。

「またもや、損な役割を押し付けられたなあ」

茂助はそう言ったが、それほど同情している様子ではなかった。確かに卯吉にとって嬉しい成り行きではないが、ここまで来られたのには茂助の尽力が大きかった。感謝の気持ちを伝えた。

「しっかりやるがいい。出先の宿場で何かあったら、伝えよう」

そう言い残して、茂助は旅に出た。

このあと卯吉と次郎兵衛は、小菊やおたえ、巳之助ら一部の奉公人に見送られて武蔵屋を後にした。十二歳のとき、吉之助に連れられて初めて武蔵屋の敷居《しきい》を跨《また》いだ。以来ここでの暮らしがすべてだったが、これからは場面も役割も変わる。

懐の奥にある御守袋に手を添えた。

次郎兵衛と並んで歩いて行く。降るような蟬《せみ》の音が聞こえた。相変わらずの曇り空だが、蒸し暑い。風もないから、歩いているとすぐに汗が噴き出してきた。

次郎兵衛は、一緒に歩くのを嫌がらなかった。しかし話しかけてはこない。俯《うつむ》き加減で歩いている。何を考えているのか、見当もつかなかった。

兄弟でも、並んで歩くなどこれまで一度もなかった。

共に話して楽しい話題もない。それでも話をするとしたら、今後の司錦についてだけだった。

歩きながら、卯吉は問いかけた。

「深川東平野町の倉庫には、司錦はどれほど残っているのでしょうか」

まずは確認をしておかなくてはならない。

「四百二十樽《たる》ほどだ」

八十樽は淡路屋と東金屋が、武蔵屋の名で売った。利益の三割を、淡路屋と東金屋に与えたそうな。

「淡路屋と東金屋には、縁を切っていただきます」

これは絶対に譲れないところだった。嫌がったら、誰が何と言おうと手を引くしかない。そういう決意だった。

しかし返事はあっさりしていた。

「分かった。そうしよう」

ここを乗り越えない限り、次郎兵衛に浮かぶ瀬はない。それは親族の集まりで身に染みたらしかった。

「荷は、芝へ移しましょう」

深川の外れに置いたのは、本店や同業者に知られないようにするためだった。もうその必要はなくなった。

「そうだな」

分家の酒蔵には入りきらないから、近くに倉庫を借りる。その移動の打ち合わせをした。

芝の分家に着いて、竹之助と丑松、それに小僧三人を集めた。丑松には、今日坂口屋で親族の集まりがあることは知らせてあった。

夏羽織を身につけた卯吉が、分家が武蔵屋から袂《たもと》を別ち、司屋として商いを続けることを伝えた。当面は司錦を扱うとし、自分は番頭として店に入る旨を伝えた。

次郎兵衛は身じろぎもしないで聞いている。その姿が、卯吉の話を事実だと伝えていた。

それから小僧に梯子《はしご》を持ってこさせた。表に掲げられている『下り酒　武蔵屋分家』の木看板を下ろさせた。

次郎兵衛はその様子を見たくないからか、自身番と町名主《ちょうなぬし》のもとへ事情を伝えに行った。

「怪我《けが》をしないように気をつけろ」

卯吉は小僧たちに声をかけた。小僧たちでも、武蔵屋の看板を下げるのには心残りがあるらしかった。仕方がない、という顔だった。

竹之助は、落胆と不安を抱えた表情をしていた。もっと毅然《きぜん》としていれば、分家もこのようなことにはならなかった。卯吉は改めて責め立てはしなかったが、竹之助が一番番頭として過ごしてきたのは確かだ。今日からは、卯吉がその任に就く。

「私は、このままここにいていいのでしょうか」

卯吉に尋ねてきた。竹之助には、女房と倅《せがれ》がいる。倅は奉公に出ているが、まだ親を養えるような実入りを得てはいないと聞いていた。

「いてもらいましょう。店内売りと、帖付けをしてもらいます」

帖付けだけは、きっちりできた。だから今回も司錦の売れ行きについて、正しく知ることができた。

「おまえ、貧乏籤《びんぼうくじ》を引かされたな」

丑松が、同情する口調で言った。

「まあ、仕方がないですよ」

皆の前では口にしなかった、坂口屋での詳細を伝えた。

「お丹も次郎兵衛も、いい気味じゃあねえか」

溜飲《りゅういん》を下げた顔で言った。けれどもすぐに表情を引締めた。

「あいつ今は殊勝だが、いつまで続くかだな」

丑松は、自分が辞めるとは言わなかった。ほっとした。それが一番怖かった。これから司錦四百二十樽を売るには、丑松の力は欠かせない。

二

屋根から下ろした木看板は、酒蔵の隙間に入れた。竹之助が紙に『下り酒　司屋』と書いて、入口脇の壁に貼った。竹之助は達筆だった。

その達筆さに、卯吉はいくばくかの虚《むな》しさと寂しさを覚えた。しかしその気持ちは、気力で吹き飛ばした。

「商いの綴《つづ》りを、すべて出してもらいましょう」

卯吉は竹之助に求めた。これまでは、見せてもらえなかった。竹之助が厚い綴りを出してきて、手渡してよこした。

受取った卯吉は、表紙を捲《めく》った。丑松が覗《のぞ》き込《こ》んだ。商いの売り買いの全体が分かる綴りを見るのは、今が初めてだという。次郎兵衛は竹之助以外には、目に触れさせなかった。

「これは酷《ひど》い」

予想はついていたが、実際に検《あらた》めるとその杜撰《ずさん》さに驚いた。不要な仕入れがあり、武蔵屋以外から仕入れたものでは、安売りをしている品もあった。丑松ではなく、次郎兵衛が売った品だ。

期日が過ぎた代金を、受け取れていないものも少なからずある。竹之助の記述は詳細なので、品と金の動きがよく見えた。

「一番番頭として、何も言わなかったのですか」

自然に口から出た。

「余計なことは言うなと、おっしゃるものですから」

竹之助は肩を落とした。

「去年、あいつが煽《おだ》てられて仕入れた酒が、酒蔵にまだたっぷり残っているぜ」

丑松が言った。ただそれでも潰れないでいるのは、湧いて出てくるような金があるからだ。それがお丹を通して得られる金子だった。どこからという記述はないが、理由のない入金なのですぐに分かった。

「もう本家から、助けは得られない」

「次郎兵衛には、腹を括《くく》らせるしかない。どうであれ司錦の決着がつくまでは、おれは付き合うぞ」

丑松は言った。吉之助に分家を守れと告げられて分家に来たことは、前に聞いた。それで約束を果たせると考えたのかもしれない。

次に店の酒蔵を検めた。今までは、入ることができなかった。分家に用があって来ても、すぐに追い返された。

「この十六樽と、こちらの二十樽、それにあそこにあるのが、去年仕入れた酒だ。やめろと言ったんだが聞かない。そしておれに売れと言いやがる」

それら売れ残りの古い酒の、処分も必要だ。事情が分かるにつれて、気分が重くなった。

しかしため息を吐いてばかりいても、事は進まない。まずは東平野町の倉庫から、司錦を移さなくてはならない。必要な荷船の手配をするために、卯吉は北新堀町の今津屋へ行くことにした。丑松は、移した酒樽《さかだる》を納める倉庫の手配にあたる。

新堀川の船着場には、輸送を終えたばかりらしい平底船が停《と》まっていた。船頭らが掃除をしている。河岸の道では、お結衣が若旦那ふうと話をしている姿が見えた。笹《ささ》柄の涼し気な単衣《ひとえ》を身につけていた。

「ああ」

お結衣の姿を見られるのは嬉しいが、二人の様子が、たいそう親しげに感じて卯吉はどきりとした。思わず柳の木陰に身を寄せた。

お結衣が誰と話をしようが、親し気にしていようが、卯吉がどうこう言う筋合いはない。それは分かっていたが、胸の内がわずかに痛くなった。

やきもちだと気づいて、慌てた。

二人のやり取りを見つめる。笑顔のお結衣は若旦那ふうの話を興味深そうに聞き、言葉を返す。話の中身は分からないが、いかにも楽しそうだ。

お結衣は卯吉の話も楽しそうに聞いてくれるが、やり取りを見ていると自分以上に親密な様子に見えた。お結衣はときおり若旦那の袖に手を触れさせる。

さらに少しばかり話した後で、二人は別れた。お結衣は自分には好意以上の思いがないことは気づいているが、それでも卯吉は心穏やかではなかった。

船着場にいた顔見知りの初老の船頭に尋ねた。

「今の若旦那ふうは」

「縮緬《ちりめん》問屋の若旦那ですよ」

「親しそうでしたね」

「お結衣さんは、お客相手ならば、誰でもあんなふうに話をしていますよ」

「そうか」

納得しようとしたが、若旦那の方が自分よりも親し気に感じた。そしてお結衣に会った。

「まあ、番頭さんになったんですね」

夏羽織を着た卯吉の姿を目にして、お結衣は言った。満面の笑みで讃《たた》える眼差《まなざ》しだった。

「まあそうですが」

浮かない顔になったのは、自分でも分かった。そこで芝の分家が、司屋として独立した事情を話した。次郎兵衛が久離となったことには触れないが、いずれ知るだろう。

「たいへんですね」

顔から笑みが消えた。分家が武蔵屋とは別れて商いをすることのたいへんさに、思い至った様子だった。

「司錦という酒を売ります」

「淡路屋さんが仕入れたお酒ですね」

お結衣は五百樽仕入れたことを覚えていた。

「司屋で、すべて買い入れたんです」

その酒樽の輸送を頼みに来たのだと、来意を伝えた。

「卯吉さんが番頭さんになってすべて売り切ったら、たいしたものではありませんか」

励まされたのは間違いない。けれども湧き立つような嬉しさはなかった。

しょせんは次郎兵衛の尻拭いである。またお結衣は客には誰にでも親しげに話すと告げた船頭の言葉が頭に残っていた。

翌々日には、司錦四百二十樽は芝の店に近い薪炭屋《しんたんや》から借りた倉庫に移された。その日から、次郎兵衛も含めて外回りをすることにしていた。

ともあれ最初の一日は、卯吉が次郎兵衛に付き合う形にした。もう武蔵屋ではないから、高級品とはいえない酒でも売ることができる。

司錦は下り酒でも上品ではないと伝えた上で、一樽《たる》一両と二十六匁《もんめ》で売る。ぎりぎりの値で、値引きはしない。

まずは分家が顧客にしていた一膳飯屋へ行った。飯だけでなく酒も出す店だ。次郎兵衛に声をかけさせた。微《かす》かなためらいを見せたが、嫌だとは言わなかった。

「ごめんなさいまし」

主人に頭を下げた次郎兵衛は、分家が武蔵屋から離れて司屋を立ち上げたことを伝えた。

「えっ、本家と別れたんですか。またどうして」

「まあ、いろいろありまして」

詳細を話すわけにはいかない。次郎兵衛は、仕入れ方の都合だと胡麻化《ごまか》したが、苦しい言い訳にしか聞こえない。

「久離になったっていう噂《うわさ》を聞いたけど、本当だったんですね」

と言われた。下り酒の商いに関わる者たちの間では、噂になって広まっているらしかった。不始末をしでかした者という目を、次郎兵衛に向けた。

「いや、それは、その」

言葉が出ない。追い詰められた中での商いなどしたことがないからだろう、次郎兵衛は口ごもるばかりだった。

　ここで卯吉は、口を出した。

「今までは上級品を中心にしてきましたが、司屋は廉価な品も扱います」

持参した司錦を、試飲させた。

「なるほど。この品で一両と銀二十六匁の仕入れならば、いけるかもしれませんね」

「ええ、ぜひ置いてください」

「卯吉さんも一緒に見えたわけですから、ご祝儀ということで三樽入れてもらいましょうか」

　この店は、うまくいった方だった。

「武蔵屋さんでないとね」

次の店では、露骨にそうやられた。分家として店を出したときからの顧客だ。

「いや、扱う品は同じです」

次郎兵衛は、額の汗を拭きながら応じる。

「不始末をしたって聞きましたよ。そういう店からは、うちは仕入れません。信用ができませんからね」

けんもほろろに追い返された。

四軒目で、次の一樽がようやく売れた。

「一樽売るのも、なかなかにたいへんだな」

次郎兵衛が呟いた。汗を拭く手拭いは、すっかり濡《ぬ》れて絞れるほどだ。

「でも、売れましたよ」

卯吉は励ました。

続けて二軒の店で断られた。そして次に足を踏み入れた店は、珍しく愛想よく迎えてくれた。そこで司錦について伝えた。

「一両と銀十匁でどうですか」

話を聞いた主人は、あっさりと口にした。足元を見ていた。

「そうですねえ」

断られることが多い中だから、次郎兵衛は弱気になっていた。受け入れそうになっていた。

「いや、申し上げた値でお願いいたします」

卯吉が口を出した。仕入れては貰えなかった。

「たとえ少額でも値引きはいけませんよ。一軒でしたら、他の店でもやらなくてはならなくなります」

一両と銀十匁では、借金の利息と倉庫代などを入れたら赤字になる。もうどこにも助けを求められないことを改めて伝えた。

「私と一緒に、売っていきましょう」

「そうだな」

この日は十二軒廻《まわ》って、売れたのは七樽だけだった。残り四百樽以上を売るとなると、夢のような気がした。

ただ次郎兵衛が自分に向ける眼差しは、以前とはまったく違っていると卯吉は感じた。それは明らかだ。

三

三日が過ぎた日の夕方、卯吉は次郎兵衛と丑松の三人で、一日の外回りの報告をし合っていた。次郎兵衛は一人で廻ることになったが、まだ一樽も売れていなかった。

「ご無礼をしますよ」

商人ふうの客二人が店に入ってきた。どちらも慇懃《いんぎん》な態度や口ぶりだったが、一癖ありそうな眼差しをしていた。

一人は淡路屋利三郎で、卯吉は顔を知っていた。三十代後半の歳《とし》だ。もう一人は三十代半ばくらいで、東金屋佐久造だと名乗った。会うのは初めてだが、卯吉にとっても忘れられない名である。

「この度は私が卸した司錦で、ご迷惑をおかけしたようで」

淡路屋はしゃらっとした顔で言った。

次郎兵衛を口車に乗せ、五百樽を仕入れさせた。そして阿漕《あこぎ》な売り方をして、利鞘《りざや》を稼ごうとした。久離となるに至った元凶といってもいい人物だ。

次郎兵衛は、二人に対してわずかに身構えた。そこには怯みのようなものも感じられた。

卯吉と丑松は、やり取りを見詰める。

「もう、取引はしないと話したはずですが」

次郎兵衛は言った。告げられていた通り、二人とは決別した様子だった。

「分かっていますよ。でもねえ、売るのはなかなかたいへんでしょう」

「微力ながら、お手伝いをさせていただきたいと思いましてね」

東金屋が淡路屋に続けた。いかにも急場を見るに忍びないといった表情だった。

淡路屋は、次郎兵衛に目を向けた後、卯吉と丑松にも顔を向けてから口を開いた。

「まあ、そういうことです。次郎兵衛さんもご存知の通り、東金屋さんは地回り酒問屋として、街道筋の各宿場の酒屋や居酒屋、旅籠《はたご》などには顔が利きます」

「それを役だたせていただこうというわけですよ」

東金屋が続けた。

この口車に、次郎兵衛は乗ったのだった。

「お引き取りいただきましょう」

卯吉は丁寧に、しかしきっぱりした口調で断った。どのような売り方をするか、知れたものではない。遠隔地では、目も届かないだろう。

「いや、残念ですねえ」

「まったく」

二人はいかにも惜しいといった顔で引き上げていった。

「あいつらにも、借金を背負わせてやりたいくらいだ」

丑松が、吐き捨てるように言った。

卯吉には、北向きだが六畳の一間が与えられた。番頭ということで、個室を与えられたのである。

夜、商いの帳面を整理していると、廊下に足音がして立ち止まった。

「入ってもいいか」

次郎兵衛がやって来たのだった。何事かと思って、卯吉は少し驚いた。ただ表情を見ると、苦情を言いに来たのではなさそうだと感じた。手に五合の酒徳利《どっくり》と茶碗《ちゃわん》を二つ持っていた。

「売れ残りの、試飲用の酒だ。飲まないか」

「はい」

このような声かけも、初めてだった。向かい合って座ると、次郎兵衛は二つの茶碗に酒を注いだ。

一口ずつ飲んだところで、次郎兵衛が微かに躊躇《ため》らうふうを見せてから口を開いた。

「司錦のことを、大和屋や坂口屋に話したのは、おまえと丑松だった。だから私は、おまえたちを憎んだ」

「…………」

逆恨みだが、当然だろうとは思った。

「しかし考えてみれば、武蔵屋の商いの道から外れたのは私だし、勝手に多額の借金をしたのも私だった。親戚たちが腹を立てるのも仕方がない」

自ら非を認めたのは意外だった。

「焦っていたのでしょう」

己のしたことを振り返っている以上、責めるつもりはなかった。

「まあ、そうだ。坂口屋でおっかさんがおまえの名を挙げたのには、驚いた」

「私もです」

次郎兵衛は、茶碗の酒を飲み干すと徳利から新しい酒を注いだ。卯吉にも飲めと勧めて、空になると注いだ。

「あのときは言い返せる立場ではなかったから、黙っていた。が、おまえならばいらないという気持ちがどこかにあった」

「そうかもしれませんね」

これまでの、度重なる出来事がある。嫌いなやつに助けられるのは、面白くないだろう。ましてや監視役だ。

「しかしこの数日、客のもとを廻ってみて、よく分かった。裏切り者という目で私を見る店は多い」

最初に行った一膳飯屋の主人の眼差しは、身に応えたと告げた。他でも行く先々で、同じような目で見られているのだろう。

「おまえが、こちらへ来るようにとおっかさんが言ったとき、断ろうと思えば断れたはずだ。あのときには、私にもおっかさんにも味方はいなかったからな」

口元に自嘲が浮かんだ。卯吉は茶碗に口をつけた。

「勘十郎叔父に言われたこともあるだろうが、おまえは受け入れた」

「はい。丑松さんも、やめるとは言いませんね」

「そうだな、おまえと丑松の力は大きい。それがなければ、私一人ではどうにもならない」

「…………」

「それが分かるから、おっかさんはおまえを兄弟と認めて、ああ言ったんだ」

茶碗の酒を口に含んで、飲み込んでから次郎兵衛は続けた。

「初めて二人で客廻りをしたときに、おまえは一緒に売ろうと言った」

「そうでしたね」

酷い言い方をする小売りの主人もいたから、腹を立てて言い返したり逃げ出したりするのではないかと気を揉《も》んだ。しかしそれはなかった。吹き出る汗を手拭いでこすり、それを握りしめたのだった。

「実はあのとき、私はおとっつぁんのことを思い出していた」

次郎兵衛は思いがけないことを口にした。卯吉は茶碗を手にしたまま、次の言葉を待った。

「私がまだ十七、八歳で、商いに関わり始めた頃のことだ。あの頃は、おとっつぁんもまだ元気だった。私はおとっつぁんに連れられて、外回りをしたことがある」

「それは」

魂消《たまげ》た。すでに武蔵屋の商いは盤石で、先代市郎兵衛は外回りなどしなくていい身の上になっていたはずである。

「たぶん私に、仕事を覚えさせようという気持ちがあったからだと思う。あの頃にはすでに若旦那扱いをされていたからな、たいへんなことも味わわせておこうとしたのだろう」

跡取りではない次男や三男にとって、当主である父親は絶対で遠い存在だった。それが二人だけで外回りをした。馴染みの店ではなく、初めて行く店だった。次郎兵衛が挨拶をし、酒の売掛をした。

武蔵屋と名乗るだけで相手は好意的に接してくれたし、傍には主人の市郎兵衛がいた。それでも緊張があった。

「店を出たところで、おとっつぁんはあれこれ注意をしてくれた。詳しい内容は忘れたが、私は嬉しかった。私を一人前の商人にしようとしてくれていると感じたからな」

「よかったですね」

話を聞いて、卯吉は羨ましかった。父は、卯吉が十五歳のときに亡くなっている。一年ほどは寝たり起きたりしていて、外回りができる体ではなくなっていた。当然、二人で外回りをする機会などなかった。

「一通り小売りを廻った後で、私は汁粉を食べさせてもらった。そのときおとっつぁんは、三本の矢の話をしたんだ」

次郎兵衛は、遠くを見つめるような目になって言った。毛利《もうり》元就《もとなり》の話だ。卯吉も何かの折に、聞いたことがあった。

「一人は弱くても、兄弟三人が力を合わせれば強くなる。そういう話だ。私はそれを、素直に聞いたわけではなかった。おっかさんはおまえを憎んでいたからな」

妾腹《しょうふく》の卯吉と力を合わせるなど、とんでもない。そういう気持ちだったのだろう。

「ただ今になると、おまえと丑松が力を貸してくれるならば、司錦を売り切ることができそうな気がする」

「確かに三本束ねた矢は、折れにくそうですね」

「おとっつぁんの言葉が、身に染みたわけだ」

「そんなことを、言ったんですね」

父は初めから自分を、武蔵屋を支える三人兄弟のうちの一人として認めてくれていた。それが次郎兵衛の言葉から伝わってきた。

「ああ。おとっつぁんは、商人として立派だった」

「そうですね」

母は違うが、次郎兵衛と自分の父親は先代の市郎兵衛だった。慕う気持ちは変わらない。

「私には甘えがあった。これからは気持ちを入れ替えてやって行く。それをおまえに伝えたかった」

「分かりました。矢を重ねましょう」

どこまで本気かは分からないが、信じることにした。

四

翌日も卯吉と丑松、それに次郎兵衛は、一人ずつで外売りに出た。試飲用の酒徳利をぶら下げている。分家と関わりのあった店はあらかた廻って、縁のない店への声掛けが中心になる。

店の入口には、『灘の下り酒司錦　格安　一升百八十文』と墨書した紙を貼っていた。

近所の者には、次郎兵衛が久離となった事情が伝わって、買いに来る者はほとんどいない。しかし店は繁華な表通りにあったから、通りがかりの者が入ってくることはあった。その相手は、竹之助がした。

まずは試飲をさせる。

「これでも下り酒か。味もコクも段違いだ」

怒って帰ってしまう者もいる。

「この値ならば、まずまずだな」

買って行く者もいた。ただそれは、日に二、三升だった。それでは三月で四百二十樽は売れない。

　卯吉は、昨夜次郎兵衛から聞いた言葉が耳に残っている。先代市郎兵衛の言葉があるならば、初心に帰って地味な商いに精を出すかもしれない。父親と外回りをしたことは、辛《つら》いときの心の支えになるだろう。それを期待した。

ただ信じ切れない部分もあった。これまでもずいぶん、残念に思うことがあった。

「口先だけかもしれない」

　そこで卯吉は、次郎兵衛の後をつけて、様子を見ることにした。

「武蔵屋の顧客のところへは行かない。新たな客を見つけよう」

　事情が分かっている店は、かえってやりにくいという考えだ。それはかまわない。やりやすいところで勝負をすればいいだろう。

　司錦の品質からして、一樽一両と銀二十六匁は妥当な値だ。ただ買い手からしたら、得体のしれない売り手から買うことになる。慎重になるのは当然だと思われた。そういう相手に、次郎兵衛はどう当たるか。

　それで気持ちが見えるのではないか。

　増上寺の裏手に廻った。次郎兵衛が足を向けたのは、目黒界隈《めぐろかいわい》だった。このあたりには、本家も含めて武蔵屋の顧客はない。評判も届いていないと踏んだ模様だ。

目黒不動の門前町で一番大きい酒屋の前に、次郎兵衛は立った。炎天下でも、老若の参拝客が足を運んで来ている。

次郎兵衛は緊張の面持ちの中、深呼吸を一つして敷居を跨いだ。並みの商人ならば、手代のときにたっぷり経験している。それをほとんどしないできたから、気持ちに怯みが起こる。

そうなったわけにはお丹の甘さがあり、暖簾に胡坐《あぐら》をかいてきたということもある。しかし今日の次郎兵衛の表情は、これまでと違っていた。

「ごめんなさいまし。芝の司屋から参りました」

声を上げた。微妙に震えている。武蔵屋の本店では見せたことのない姿だ。何も持たない、裸の商人になっていた。

どこまで耐えられるか。耐えてほしいと、卯吉は願った。近づいて、中のやり取りに耳を傾けた。

「うちでは、お付き合いのないお店からは仕入れません」

若い手代は、追い払う口ぶりで言った。次郎兵衛の方が遥《はる》かに年上だが、そういうことは気にしていない。

「格安の、灘の下り酒です」

「いらないったら」

「まあ、ご試飲を」

次郎兵衛も、簡単には引かない。作り笑顔で勧める。必死なのは分かるが、気持ちにゆとりがないから、それが客に伝わり相手の腰が引ける。

「うるさいね。そんなところでうろうろされたら、商いの邪魔だよ」

邪険に言われて、次郎兵衛は店を出た。その顔は引《ひ》き攣《つ》っていた。先日卯吉と廻ったどの相手よりも、酷い扱いだった。大店《おおだな》に生まれた次郎兵衛にしたら、まだ一度もない扱われ方だったかもしれない。

通りに出た次郎兵衛は、しょんぼりと歩いて行く。しかし次に目についた煮売り酒屋の前では立ち止まった。

「ごめんなさいまし」

声は前と同じくらい大きかった。己を奮い立たせたに違いない。

ここではまず卸値を告げ、次に下り酒を強調した。中年の親仁《おやじ》に、試飲をさせることができた。多少の関心は持たれたらしかった。

「これを一升百八十文で売るわけだな」

「そうです」

次郎兵衛は、縋《すが》るような目を向けた。

「地回り酒よりもましだが、本当の下り酒ならば、もっと味にコクやふくらみがある。これならばうちに来る客は、八十文で地回り酒を倍飲む方を選ぶね」

買っては貰えなかった。しかし言われたことには、納得がいった。まともに当たってもらえたことになる。わずかだが、気を取り直したらしかった。

三軒目の店へ行った。ここは一軒目の店よりも酷かった。酒を売りたいと言っただけで、手を振った。

野良犬を追い払うような仕草だった。

そして目黒から、白金台《しろかねだい》へと足を向けた。小売り酒屋や煮売り酒屋だけでなく、居酒屋や一膳飯屋、旅籠などにも足を踏み入れた。
三、四軒で投げ出すかと思ったが、それはなかった。
卯吉が見ている間に、十数軒声掛けをした。しかし一樽も売れず、試飲にこぎつけたのも半分ほどだった。

「今は、仕方がないだろう」

次郎兵衛に緊張があるから、相手も身構える。肩の力が抜ければ試飲をしてもらえる数が増え、引き取ってくれるところが出てくるはずだった。司錦は高級品ではないが、適正な価格の商品であることは確かだった。

卯吉は次郎兵衛の後をつけるのを止めて、自分が売ることにした。四谷界隈に足を向けた。ここは卯吉が出入りをしてはいなかったが、武蔵屋の顧客はあった。

「司屋の司錦って、噂に聞いた安い下り酒だね」

居合わせた主人が相手をしてくれた。武蔵屋から仕入れるだけでなく、他の下り酒問屋からも仕入れをしている。店に並べられている酒に目をやると、おおむね高級酒が並べられていた。

「ああ。あんたは、武蔵屋にいた手代の三男坊じゃあないですか」

卯吉の顔を見たことがあるらしい。思い出したという言い方だ。

「ええ、そうです」

「司屋へ出されて、番頭かね」

羽織姿だからそう見えたらしいが、目には憐《あわれ》みもあった。次郎兵衛が久離になり、分家の看板が下ろされたことを知っていた。

「はい。司錦を売っています」

隠しようもないので、素直に答えた。ただこの店の品揃《ぞろ》えを見ると、司錦は置いてもらえそうもなかった。それでも頼んで、試飲をしてもらった。

酒を飲み込んだ主人は、味についての感想は言わなかったが、意外なことを口にした。

「あんたへのご祝儀だから一樽だけ買うけど、もう買わないから、これからは来ても無駄ですよ」

「はあ」

「落ち目だとは言われていても、武蔵屋のよさは、いい酒を納得のゆく値で売る。だからもっているんじゃないのかね」

「ええ、それは」

卯吉も同感だ。

一樽でも二樽でも仕入れてもらえるのはありがたいが、それは武蔵屋が根っこにあるからだ。次郎兵衛に付き合わされた自分への憐みもあるだろう。

嬉しくはなかった。この店にとっては、司錦はいらない酒なのだろう。

それならば仕入れてもらわない方がいい、とも思った。しかしそれなりに売れるならば、主人も考え直すのではないかと頭を下げた。

「ありがとうございます」

ともあれ、品を入れさせてもらうことにした。自分は今、司錦を売らなくてはならない。どんなに小さな手掛りでも、残しておくべきだと自分に言い聞かせた。

次に足を向けた店も、武蔵屋の顧客だった。

「うちは武蔵屋さんから仕入れています。他の店からは仕入れません。司屋というのは、別の店なんですよね」

そう告げられると、言葉に詰まった。

三軒目に入った店は、武蔵屋の顧客ではなかったが、司錦を知っていた。

「武蔵屋を裏切った酒ですね」

話にならなかった。悔しいと思ったとき、懐に手を入れた。小菊とおたえがくれた御守が、指先に触れた。

気持ちを改めて、次の店へ向かった。

結局この日は、卯吉が八樽、丑松が七樽で、次郎兵衛は一樽も売れなかった。

五

日暮れて店を閉じた後、卯吉と丑松、次郎兵衛に竹之助を交えて、一日の売り上げと商いの様子について、報告をし合った。日課になっている。

話し合って、改善できるところは変えて行く。卯吉の提案だった。店で売る分は、時間をかけるしかない。ただそれでも、司錦の樽を並べて積んで目立つようにした。

外回りは、やり方や意気込みで変わるはずだった。

次郎兵衛は、初めての客のところばかりを廻った。

卯吉と丑松は、武蔵屋が顧客にしていた店を当たった。売れた十五樽は、義理で買ってくれたようなものだった。

「今回だけですよ」

というところが、少なくなかった。卯吉だけでなく、丑松もそう告げられていた。

これまでは、武蔵屋という暖簾を背負って商いをしていた。今日の十五樽もそれで売れたが、顧客をひと通り回ってしまった後は、裸になる。

「暖簾の重さだな」

次郎兵衛が言った。素直な気持ちだと、卯吉は受取った。

「そうですね」

丑松が返した。

「暖簾のない司屋が、どう売るかですね」

「足を棒にして、歩くしかないか」

　卯吉の問いかけに、丑松が答えた。ただ遠いと、輸送の費用がかかる。損を承知で売るのは、商いではない。

　そこで卯吉は、四谷からの帰り道に考えたことを口にした。

「司錦を売るにあたって、安物の灘の下り酒として売るからいけないのではないでしょうか」

「どういうことだ」

　丑松が不審の目を向けた。次郎兵衛も、首を傾《かし》げた。

「いっそ、西国の地回り酒としたらどうでしょう」

「同じではないか」

「いいえ、他の下り酒と比べるから、雑味を感じます。コクのない酒となります。ですが出回っている地回り酒とくらべれば、はるかに美味《うま》い酒です」

「それはそうだ」

　丑松は頷《うなず》いた。

　地回り酒でも質のいい酒は、一升百三十文はする。司錦は一升百八十文。輸送料があるからその分高くなったと話せば、得心をするのではないかという話だ。

「酒好きとはいっても、ただ酔えばいい人もいれば、懐具合に応じて少しはまともな酒を飲みたい人もいます」

「まともな酒を飲みたい人たちを、狙うわけだな」

「はい」

「よし。それでは明日から、それで押してみよう」

次郎兵衛も丑松も賛同した。

翌日卯吉は、本郷《ほんごう》界隈に足を向けた。一軒目は、武蔵屋に関わりのない店だった。

「ほう。西国の地回り酒ですか」

話を聞いた番頭は、興味を引かれたらしかった。もちろん灘五郷の酒だとは伝えておく。嘘《うそ》はつかない。

中年の主人は関心を持って試飲をしてくれた。

「なるほど、新川河岸から仕入れる下り酒とは違うが、関東の地回り酒と比べれば、はるかにいけますな」

値段も相応だろう、と言ってくれた。

「では」

「三樽仕入れよう」

　これは嬉しかった。早速、効果が出た。

　二軒目は断られたが、三軒目に入った荷売り酒屋では、二樽を仕入れてくれた。

「売れ行きがよければ、また仕入れますよ」

　と初老のおかみは言った。

　四軒目、五軒目は試飲までは行ったが、断られた。しかし六軒目では「試しに」という話で、二樽仕入れてくれた。

　一日歩いて、十一樽売れた。売れ行きがよければ、暑さも忘れる。

「同じ品でも、持って行きようで売れ方が違うのだな」

　と学んだ。

　夕方店に帰ると、深川を廻っていた丑松が戻っていた。

「おい、十二樽売れたぞ」

　丑松も、まずまずの売れ行きだった。義理で売れたのではない。新規の店としてである。西国の地回り酒が、功を奏したのだ。

　そして次郎兵衛も帰ってきた。

「四樽売れた。売り方の呼吸が分かってきたぞ」

嬉しそうに言った。数量はともかく、次郎兵衛が初めて、知らない相手に自力で売ったのだった。これは認めてよかった。

「よかったですね」

合わせて二十七樽となる。卯吉が提案した売り方は、的を射ていたようだ。


次の日は、それぞれ売れた店に酒樽を運んだ。挨拶をかねて、小僧だけでなく、売った者も付き添った。

それから卯吉は、湯島《ゆしま》界隈を廻った。武蔵屋とは関わりのない店へ行った。

「ほう。西国の地回り酒ねえ。そんなものを、よく江戸まで運んだねえ」

面白がられた。試飲もしてもらいやすくなった。名の知れた下り酒と比べるのではなく、江戸の地回り酒と味を比べる。

「これならば、いけそうだ」

という話になった。

この日は三人合わせて、十八樽だった。次郎兵衛は、この日も四樽を売っていた。

「一気に大売れとはいかないが、この調子が続けば九月末までには売りつくせるのではないか」

「借金を返せます」

丑松の言葉に、卯吉が応じた。

司錦が売れれば、在庫の他の酒も売れるようになる。しばらくは正念場だった。

六

十日あまりが過ぎた。卯吉と丑松、次郎兵衛の三人は、司錦を売るために目黒や白金だけでなく、麻布、青山、小日向《こひなた》、根津、谷中《やなか》なども廻った。江戸の中心から、やや外れた土地である。

いつものように、夕方に芝の司屋へ戻って、一日の売り上げについて伝え合った。小売りの反応や問いかけなどに、どう答えたか、どう答えればよかったかなどについても話し合った。

「西国の地回り酒という言い方はよかった。ともあれ合わせて百樽以上は売れたからな」

次郎兵衛が売り上げの帳面を見ながら言った。

「ただ一通り廻ってしまうと、次が苦しい」

丑松が返した。飛ぶように売れるわけではないから、客からの追加注文はない。そうなると売り上げは急落した。

「これは仕方がないでしょう。ですが着実に売れれば、追加の注文は必ずあります。他の酒も勧めながら、もう一度廻ってみましょう」

地味だが、まずはこれしかない。卯吉の言葉に、次郎兵衛と丑松が頷いた。

「それにしても、売れるとなると面白いぞ」

次郎兵衛が言った。始めのうちは三、四樽しか売れなかったが、七日、八日目あたりになると、にわかに売れるようになった。日によっては、卯吉や丑松よりも売る日が出てきた。とはいえ、傲慢にもならない。

「どうした風の吹きまわしだ」

二人だけのときに、丑松が卯吉に言った。丑松は次郎兵衛が分家したときから一緒にいる。殊勝なことを口にする場面はこれまでもなくはなかったが、せいぜい四、五日持てばいい方だった。

「さあ」

「先代の旦那さんの血が、流れているからか」

丑松が不思議そうな顔をした。卯吉は、次郎兵衛が酒を持って部屋へ来たときにした話を忘れない。

ともあれ在庫は三百樽あまりになった。出荷されてゆく酒樽を見送るのは嬉しかった。前は死んだようだった竹之助だが、表情が変わってきた。弾く算盤の音にも、活気が出てきた。

卯吉は小僧と共に前日注文を受けた品を届けた後、いったん司屋へ戻った。在庫の確認をするつもりだった。

司錦以外の酒も、売りたいところだ。

そのとき小僧が、来客を伝えてきた。小さな女の子だという。それであっと思い当たった。

通りに出ると、小菊とおたえだった。

「ああ。これは」

芝へ移ってまだ半月ほどだが、ずいぶん久しぶりに顔を見た気がした。二人は夏の日差しの中で眩《まぶ》しかった。

「芝神明様のお参りに来たの。それで寄ったの」

おたえは恥ずかしそうに言った。

「そうか、嬉しいね」

卯吉は両手で、高くおたえの体を抱き上げた。ふわりと軽い体だった。

「卯吉さんのお顔を見たいと、この子が言うものだから」

小菊が付け足した。

「おっかさんだって、顔を見たいって言ったじゃない」

「そうだったねえ」

三人で笑った。

炎天では、話をするのも辛い。近くにある甘味屋へ入った。寒天に餡《あん》を載せた菓子を食べながら話した。

「算盤の稽古はしているの。おっかさんに習いながら」

「そうか。それは良かったな」

「でも、卯吉叔父さんに習いたかった」

その言葉を聞いて、ちくりと胸が痛んだ。大人の都合で、おたえの願いは叶《かな》わないことになっている。

「司屋の商いは、どうですか」

小菊が聞いてきた。お丹や市郎兵衛は次郎兵衛から話を聞いているかもしれないが、小菊や奉公人たちは、司屋がどうしているか分からない。他所から噂で、司錦を売っていると聞くぐらいだと言った。

「司錦は、まずまずの売れ行きです。この分ならば、借金は九月の返済期限までに返せそうです」

商いの様子について伝えた。次郎兵衛の商いぶりにも触れた。

「心を、入れ替えたのですね」

「そうだと思います」

「一息ですね」

小菊も次郎兵衛のこれまでについては、散々目にしてきた。にわかには信じられないかもしれない。

「武蔵屋の様子はいかがですか」

これは気になっていた。お丹から押し付けられていた灘桜は、まだ大量に売れ残っていた。だからこそ、神田松枝町の家作を売ろうという話が出ていた。

「なかなかうまくいっていないようです」

張りのない声になった。

「市郎兵衛さんは、動きませんか」

「これまでと同じで」

醒《さ》めた口調だ。すでに市郎兵衛への期待は、微塵も窺《うかが》えなかった。市郎兵衛の中に、すでに小菊への思いはないと感じるが、小菊の気持ちにも市郎兵衛への情は消えているようだった。

　これから夫婦は、どうなるのか。

「困りましたね」

武蔵屋について言った形だが、意味はそれだけではなかった。

市郎兵衛が本気で灘桜を売ろうとしていないなら、三本の矢にはならない。

「乙兵衛さんと巳之助さんが話していました」

「何をですか」

「卯吉さんがいなくなって、売り上げが二割くらい落ちているそうです」

「ほう」

「戻ってほしい口ぶりでした」

お丹と市郎兵衛は、卯吉の不在について口にすることは一切ないそうな。次郎兵衛も訪ねて来ることはないとか。ただ外で会っているのかもしれない。

四半刻ばかりが、あっという間に過ぎた。小菊はそろそろ帰らなくてはならないという顔をした。

芝神明宮への参拝は許されても、卯吉と話をしたことは、お丹には伝えられないに違いなかった。

「小菊さんには、お変わりなくお過ごしで」

変わりなくというのは、幸せとはいえないかもしれないと考えたが、他に言葉が見つからなかった。ただ暮らしぶりを気にしていることは告げておきたかった。

「ええ、達者にしていますよ」

わずかに口元をほころばせた。

「この人に、会心の笑みを浮かべさせることはできないのか」

卯吉はそんなことを思った。

甘味屋の代は、卯吉が払うと言ったが小菊が払った。卯吉は懐から、新川大神宮の御守を取り出して見せた。

「毎日お祈りをしているからな」

とおたえに伝えた。半分は、小菊に聞かせるつもりだった。

この日も、次郎兵衛は十六樽を売ってきた。卯吉や丑松よりも多かった。

「西国の地回り酒というのがいいようだ」

次郎兵衛はそう口にした。それは卯吉も丑松も、客には告げていた。にわかに売る力が身についたのか。湧き出る気迫があって、客に伝わるのか。

「どうも、腑《ふ》に落ちないぞ」

丑松は首を傾げた。

第四章　運ばれた樽《たる》

一

「司錦の売れ行きが順調なのは、ともあれいい」

　と丑松は思っている。次郎兵衛が相変わらず駄目ならば、いよいよ店に見切りをつけるつもりだった。

　司錦は卯吉が提案した売り方で、まずまずの結果を出していた。どんな酒でも、初めから売れるわけではない。

　そして今では、次郎兵衛が一番の売り上げを出すようになった。これも喜ばしいが、どうしても気になる。

　坂口屋での親族の集まりで油を搾られたのは分かるが、それで人はここまで急に変われるのか。

「おれは簡単には人を信じねえ」

胸の内で、何度も呟《つぶや》いた。司屋に移った直後、卯吉は次郎兵衛の後をつけて、まともな仕事ぶりを見たと言った。だが三日坊主という言葉がある。そろそろ襤褸《ぼろ》が出る頃だとも思った。

次郎兵衛の動きを追ってみることにした。

「まず、お届けをしてくるよ」

朝、小僧に十四樽の司錦を荷車に積ませた。一緒に卸先へ運んで行く。小僧だけに届けさせることはしないと話し合っていた。商いは、必ず次に繋《つな》げていかなくてはならない。

まず行ったのは、陸奥《みちのく》湯長谷《ゆながや》藩上屋敷に接する麻布桜田町《さくらだちょう》だった。ここの五十川屋《いそかわや》という小売り酒屋で、七樽を下ろした。主人に挨拶をして、次は麻布御簞笥町《おたんすまち》の煮売り酒屋へ行った。

荷を下ろすと、次郎兵衛は荷車と共に小僧を帰らせた。どちらも繁盛をした店だとは感じないが、まっとうな商いをしている店に見えた。

それから次郎兵衛は、麻布界隈《かいわい》の小売り酒屋と居酒屋の四軒を廻《まわ》った。丁寧な口ぶりで司錦を勧めたが、試飲まで行ったのはその内の一軒だけだった。下手には出ているが、上手な売り方、熱心な口ぶりには感じなかった。

「あれで毎日、十数樽を売れるのか」

それが腑《ふ》に落ちなかった。

ここで昼飯どきになり、次郎兵衛は蕎麦《そば》屋で昼食をとった。丑松はこれで引き上げようと思ったが、もう少しつけてみることにした。

蕎麦屋を出た次郎兵衛は、曲がりくねる麻布界隈を南に向かって歩いた。立ち止まった場所は、仙台《せんだい》藩伊達《だて》家下屋敷の北側にある氷川《ひかわ》明神の門前町だった。それなりの人出があった。茶店で休む老夫婦の姿も見えた。

荷売り酒屋があったが、ここには入らなかった。そのまま町の路地に入ると、町の様子が変わった。女郎屋が並ぶ一画に出た。

女が客を呼ぶ声が、耳に飛び込んできた。

「ほう、こんなところに」

意外な気もしたが、考えてみれば寺社の周辺に女郎屋があってもおかしくはなかった。吉原にはとうてい及ばないが、安っぽい見世が並んでいるという印象ではなかった。

岡場所としては、上の部類に入りそうだ。

見ると妓楼《ぎろう》の玄関には色暖簾《のれん》が掛けられている。見世の格子の向こうでは、化粧をした襦袢《じゆばん》姿の女が、通りかかる男客に声をかけていた。若いお店者や職人ふうが目につくが、隠居ふうや勤番侍とおぼしい者の姿もあった。

昼見世が始まったところらしかった。

次郎兵衛は迷う様子もなく、一松屋《いちまつや》という看板が掲げられた見世の玄関に入って行った。女のいる格子には、目も向けなかった。

「なるほど」

女郎屋へ酒を卸すのは、商いとしては面白いと思った。酒を求める客は、少なくないだろう。

しかしどうも腑に落ちない。酒を売る立場ならば、玄関からは入らない。裏口へ回る。

次郎兵衛は頭を下げることもなく、客として敷居《しきい》を跨《また》いだと見えた。「いらっしゃい」という女の声が聞こえた。

「ふん。こういうことか」

胸中の落胆が言葉になって漏れた。疑ってはいたが、その予想通りになることを願ったわけではなかった。

「ちょっと売れると、こうだ」

腹立たしい気持ちになった。格子の女に近づいた。

「遊んでおいきよ。昼間から夢心地になれるよ」

声をかけてきたのにかまわず、丑松は問いかけた。化粧と女の肌のにおいが鼻を衝《つ》いてきた。夜に嗅げばそそられるかもしれないが、昼間、聞き込みだと思いながら嗅ぐと、気持ちが萎えた。

「今見世に入った若旦那ふうは、よく来るのかね」

「何だ、客じゃあないのかい」

女は、ふくれっ面になった。丑松は格子の間に手を入れて、小銭を与えた。

「今月になってからは、昼に二回か三回目くらいだね。その前は、夜にもっと来ていたと思うけど」

しぶしぶ答えた。握った銭の分、ということらしい。

「それだけ来たら、上客だろう」

武蔵屋の看板を取り上げられて、さすがに回数は減った。とはいえそれでも通い続けているのは、驚きよりも「やはり」という気持ちの方が大きかった。

「改心は、見せかけだけじゃあねえか」

そんな暇と銭があったら、酒を売るべきだし、銭は返済に充てるべきだろう。どこまでも、甘いやつだ。

「女は、いつも同じかね」

「そう。紅葉《もみじ》さんだね」

去年の秋口から通い始めたそうな。ここまで付き合った女は、通りかかった隠居ふうに声をかけた。銭の分は喋《しゃべ》ったといった態度だ。

丑松は、次郎兵衛が出てくるのを待ってからとっちめてやろうとも思ったが、待っているのも馬鹿馬鹿しい気がした。自分は一樽《たる》でも多く売らなくてはならない。

麻布氷川の女郎屋街から、丑松は離れた。

「しかしおかしい」

歩きながら、何度も首を捻《ひね》った。次郎兵衛は、毎日のように司錦を売ってくる。近頃では、三人のうちで一番多い。なぜそうなるのか。

「やるべきことをしているのならば、何をしていようとかまわない」

という気持ちはあった。何かありそうだと思うが、納品した二軒はまともな店だった。

二

さらに五、六日が過ぎた。すでに猛暑の六月も、後半となっていた。

卯吉は、次郎兵衛が販売量を増やしていることに驚いているが、問題はいつまで続くかだと考えていた。始めはうまくいっても、早晩駄目になることもある。

事実一通り廻ってしまうと、全体的な売り上げは明らかに落ちてきた。

「継続的に買わせるにはどうするか」

次はそれを考えるべきだと判断していた。

卯吉は四谷へ足を向けた。炎天の道だ。そろそろ涼しくなってきてもいいのではないかと思うが、その気配はない。蟬《せみ》の音が降ってくる。

敷居を跨いだのは、武蔵屋の顧客の店だ。卯吉へのご祝儀で一樽だけ買うが、後は買わないと告げられた。歓迎はされないだろうが、あれからしばらくたつので、売れ行きはどうか知りたかった。

仕入れてもらえないにしても、話ができればありがたいと思った。無理強いをするつもりは毛頭ない。

「ああ、あんたか。武蔵屋の三男坊だな」

顔を見ただけで、主人は卯吉を覚えていた。

「司錦の売れ行きはいかがですか」

「まあまあだね。でもあのとき言った通り、次の仕入れはしませんよ」

と先手を打たれた。前ならば、「まあまあの売れ行き」ならば買ってくれた。

「そのわけを、聞かせていただけませんか」

相手は小売りでも、商いについては先達だ。売り方に迷っていると、正直に伝えた上での問いかけだった。

「そうだねえ」

店の中に積まれた四斗樽に目をやった。名の知られた下り酒の銘酒が並んでいる。安い品は、隅にある司錦だけだ。そして逆に問いかけてきた。

「うちの酒は、どこから仕入れていると見るかね」

ひと目見れば分かる。武蔵屋の他は、坂口屋、津久井屋《つくいや》、播磨屋《はりまや》、貫井屋《ぬくいや》といったところだった。将軍家への献上を競った店や、大酒の合戦でしのぎを削った店である。

「大店老舗が扱う品ばかりです」

「そういうことだね。少々値は張っても、味は間違いない。どれを買うかは、好みの違いだけだよ」

「はあ」

「はずれのない品揃《ぞろ》えだから、お客さんはわざわざやって来て買ってくれる。どのような酒を置いているか見るために、足を運んでくる」

「…………」

「だからうちとしては、司錦を置きたくなかった」

安酒を置いていると見られるのが嫌なのだ。大売れでもすればともかく、少々売れて何とか黒字になった程度では、店にとって利点はない。

「司錦だけを売っているのではない。利の中心はいわゆる銘酒だ。司錦は、しょせん得体のしれない問屋から仕入れた安酒だ」

得体のしれない問屋といわれるのは不満だが、相手にしたらそういうことだろう。

司屋には、何の実績もない。

「西国の地回り酒として売るのはどうですか」

「それはかまわない。求める客はいるはずだ。しかしうちでは扱わない。それをしたら、離れる客が出てくる」

「安酒を売る店だと見られるからですね」

「そうだ。うちの暖簾は、よい酒を適価で売ることでお客様に知られている。それは武蔵屋さんも、坂口屋さんも同じではないのかね」

「では武蔵屋や坂口屋が司錦を扱ったらどうなりますか」

「そんなことは万に一つもないだろう。それをやったら、屋台骨は崩れる」

手を出した分家は、久離となった。高値で売っただけではない。

「司錦を売るために、分家を切り離したのは、誰の知恵なんだい」

「さあ」

口にしたのは勘十郎だが、他の者も話に乗った。勘十郎と吉右衛門が、事前に話し合っていたかもしれないとも、今になれば思われる。

「分家は、相当量仕入れたと聞いている。それを売らなければならないとしたら、別の店を興すのが得策だ。本家を巻き込まない。司屋さんは、安価な下り酒を扱う店として、暖簾を築けばよいのではないのかね」

勘十郎と吉右衛門は久離を強調したが、実はそういう店として司錦を売ることで、新たな暖簾を興せと次郎兵衛に告げたのかと考えた。司屋が軌道に乗ったならば、久離を解けばいい。

「できなければ、どうなりますか」

「潰れるしかないだろう」

同情はない。はっきりしていた。話を聞いて、かえってすっきりした。

「ありがとうございました」

礼を言って、卯吉は店を出た。

四谷大通りを西へ歩いて、塩町《しおちょう》三丁目の酒屋へ行った。比較的安価な下り酒と、地回り酒などを扱っている店だ。

相手をした三十半ばの歳《とし》の主人は、躊躇《ためら》わず試飲をしてくれた。

「なるほど、この酒で卸値が一両と銀二十六匁《もんめ》ですか」

二樽仕入れると言ってくれた。

さらに前に二樽買った煮売り酒屋へ行った。ここでは下り酒は二銘柄しか扱っていなかった。高めの品だから、売れ行きは鈍い。

「司錦は、そこそこ出ますね。地回り酒とはいっても、樽廻船《かいせん》で江戸へ運ばれてきたわけですから、樽の杉の香がかおります。それを喜ぶ人はいます」

「なるほど」

樽の杉のにおいを喜ぶ客がいると教えられた。地回り酒よりも、長く船に揺られる。酒に香が移るという話だ。

ここにはまだ在庫があったが、一樽を仕入れてくれた。

「半月くらいしたら、また来てください」

と言ってくれた。卯吉は次の店に向かう。額に滲《にじ》む汗を、手の甲で拭った。

「司屋は、西国の地回り酒を小口で売る店として生き残りができるか」

酒商いの看板を出していても、商う品も売り方も異なる。違う商いのようだと感じたが、迷っている場合ではなかった。

三

夕刻司屋へ卯吉が戻ると、丑松がすでに外回りから帰ってきていた。次郎兵衛の姿はまだない。

すぐに丑松が、卯吉の傍へ寄ってきた。

「次郎兵衛のやつ、麻布氷川で女郎買いをしているぞ」

どうだ、と言わんばかりの口ぶりだった。後をつけた顚末《てんまつ》を聞いた。

驚きはなかった。多少の失望はあったが、怒りが湧くほどでもなく、裏切られたとも感じない。

それは酒を売ってくるからだ。

「あいつは甘いから、嬉《うれ》しがらせを言われて喜んでいるのだろう」

丑松は冷ややかだ。もちろん卯吉も同じ考えだが、受け取り方がわずかに違った。これまでの様子では、次郎兵衛はあまりにも変わり過ぎた。どこかで息抜きをしたいと考えたとしても不思議ではなかった。その方が自然だ。

「どんな女なのでしょうか」

我慢の利かない次郎兵衛を支えているのならば、時折女に逢《あ》うくらいは、かえってよいかもしれない。

「調子のいいことを口にして、銭を使わせようとしているだけの女だろう」

そうだとは思う。ただ卯吉は、女郎というものを知らない。女の肌には、触れたこともなかった。今を生きるので必死だった。

卯吉が知る限り、次郎兵衛は我慢とか辛抱をするとかはなかった。自尊心や顕示欲はひと際大きいが、お丹の支えがなくなった今は満たしてくれる者はいない。

誰かに縋《すが》りたいと思ったとしてもおかしくはない。けれども、のめり込まれては困る。遊女にうつつを抜かして身を滅ぼした話は、あちこちで耳にしていた。

「どんな女なのか、知っておきたいですね」

「ろくな女じゃねえだろう。今夜とっちめて、やめさせなくてはなるまい」

「いや、そこまでするのはどうでしょう。あれも駄目、これも駄目では息が詰まるのではないですか。少し様子を見ては」

「それはそうだが」

次郎兵衛の気持ちは、丑松も分からないわけではないらしかった。丑松も、堅物ではない。

ただそのままにしておくつもりもなかった。相手が酷《ひど》い女ならば、次郎兵衛はいつか貢ぎ始めるかもしれない。そうなったら、どうにかなりそうな司屋が崩れる。

蟻の一穴に、ならないとも限らなかった。


翌日昼過ぎ、卯吉は増上寺の裏手に出て、金杉川に沿った道を西へ歩いた。そして上総飯野《かずさいいの》藩上屋敷を過ぎたところで右折した。このあたりには、武家地と寺社が広がる。

仙台藩下屋敷を左手に見て坂道を上ると、町家が現れる。氷川明神の鳥居が見え、門前町の一画に女郎屋の並ぶ路地があると聞いていた。

広い町ではないので、すぐに目的の路地に辿《たど》り着《つ》くことができた。派手な色暖簾を掛けた玄関の脇に、格子戸の嵌《はま》った広い窓のようなものがある。その向こうに、濃い化粧をした襦袢姿の女がいて、通り過ぎる男たちに甲高い声をかけていた。

襦袢の着方が、どこかだらしなく感じる。白い首筋が露《あら》わになっていた。老若の男たちは、まんざらでもない顔で応じている。

卯吉は、一松屋の看板が掛かった見世の前に立った。近づくことに、多少の気おくれがある。懐に手を入れて、小菊とおたえに貰《もら》った御守《おまもり》を握りしめてから、腹を決めた。

「お兄さん、あんた男前だねえ。あたしとしっぽりやらないかい」

縁日で売っている鬼面のような顔をした女が、声をかけてきた。化粧で色だけは白いが、ずいぶんと口が大きい。赤い唇が生々しかった。

ちらと見ただけでは、歳の見当がつかない。

近づくと、ぎゅっと手を握られた。汗ばんだ手だった。気味悪かったが、そのままにして尋ねた。

「紅葉という人は、いますか」

「ええっ、紅葉だって」

女は急に冷ややかな顔になった。握っていた手を離した。あからさまに、興の醒《さ》めた顔になっている。

「紅葉には、お客がついているよ」

それで他の客に声掛けをした。もう卯吉には目も向けない。

卯吉は困惑した。どうしたらいいか分からない。武蔵屋の手代が、楽し気に女郎屋へ行った話をしているのを小耳に挟んだことはあるが、中身は聞き流していた。こういうときは、どうしたらいいのか。

ここまで来て、話も聞かず帰るわけにはいかない。そのとき、違う女が声をかけてきた。

「あんた、こういうところへ来るの、初めてだね」

しゃがれ声で、若い女ではなさそうに見えた。狸《たぬき》に似た顔だ。

「はあ」

おろおろしていたのは確かだ。

「銭はあるんだろうね」

「何とか」

場合によっては客として入るかもしれないと思ったから、丑松に訊《き》いてそれなりの銭は用意してきていた。もったいないが、ここは仕方がない。

「じゃあ、お入りよ。あたしがいろいろと教えてあげる」

見世に上がることにした。通されたのは、四畳半の部屋ですでに床が延べられていた。化粧と汗のにおいが、部屋の中に残っている。

「さっさとお脱ぎよ。次の客が来るんだからさ」

格子窓で話したときのような、猫撫《ねこな》で声《ごえ》は出していなかった。襦袢の腰紐《こしひも》に手をかけている。

卯吉は寝床を横に押して、女に向かうような形で座った。

「紅葉さんについて、話を聞かせてください」

頭を下げた。

「何を言っているんだい。あんた、遊びに来たんじゃあないのかい」

驚きの目を向けた。変わり者を見る目だ。卯吉はそれを無視して問いかけた。

「紅葉さんを度々訪ねて来る、司屋、いや武蔵屋の次郎兵衛さんという人を覚えていませんか」

「知っているよ。酒屋の旦那だろ。でも何で、あんたがそんなことを訊きに来るんだい」

花代を払っても、遊ばない。そんな客は、他にはいないのかもしれなかった。ただ女は、知らんぷりはしなかった。

「次郎兵衛さんには、うちの店で多少お金を貸していまして、あんまり散財が多いと困りますんで」

いい加減なことを伝えた。とはいえ相手は歳上《としうえ》だから、神妙な口ぶりにはなっていた。

「そうかい。借りた金を返さずに遊んでいられたら、確かに困るねえ」

女はげらげらと笑った。

「笑いごとではないですよ」

これは本音だった。

「まあ、ずっと通ってくるんだから、気持ちはあるんだと思うよ。紅葉も、あのお客のことは悪く言わないから」

初めて二人の間が垣間見《かいまみ》えた。

「ならばまだ、しばらく通ってきそうですね」

「まあそうだろうけどさ。先のことは分からない」

何か知っていて、胡麻化《ごまか》している様子だった。

「紅葉さんに、何かあるんですね」

いかにも興味津々という顔をして見せた。

「まあ。あの人は器量もいいから、お客も多いよ」

「身請け話でもあるのですか」

身請けという語は、市郎兵衛がおゆみを松枝町に囲ったとき耳にした言葉だ。おおよその意味は分かる。

「そんなことも、あるかもしれないね」

「大きなお金が動くんでしょうね」

「そりゃあそうだろうよ。十両とか二十両とか、そういう額じゃないかね」

「あるんですね。そういう話は」

「詳しいことは、知らないけど」

あるのは確からしかった。思い入れが深いのならば、次郎兵衛としては衝撃かもしれない。とはいえそうなったら、かえって諦めがつくのではないかとも考えた。

「紅葉さんという人は、優しいんでしょうね」

「お客には、そうだろうよ」

さらに何を聞いたらよいのか、思いつかなかった。女に送られて一松屋を出た。これ以上は探りようがなかった。

帰路、卯吉は増上寺南側の武家地の道を歩いていた。そこで「卯吉」と声をかけられた。

誰かと振り返ると、武蔵屋の二番番頭巳之助だった。

四

「これは番頭さん」

卯吉は頭を下げた。巳之助は、顧客の大名家へ行った帰りだと告げた。

武蔵屋は、大名家の御用達《ごようたし》を受けている。それも老舗としての格を保つのに役立っていた。

金杉橋方面に歩くので、方向が同じだった。並んで歩いた。

何年も武蔵屋で過ごしたが、用事以外で口を利くことはなかった。何か命じられて、「へい」と言うだけの間柄だった。卯吉から話すことはない。

「司錦の売れ行きはどうか」

向こうから尋ねてきた。

「まずまずです。次郎兵衛さんが、よく売ってくれます」

何とかいきそうだ、という話をした。

「そうか」

あまり嬉しそうではなかった。ほっとした気配もない。ため息を吐いた。

「本家の灘桜は、いかがですか」

新酒番船《しんしゅばんせん》で一番になって、当初は飛ぶように売れた。しかし市郎兵衛が調子に乗って四千樽も仕入れてしまった。武蔵屋の販売量をはるかに越えていた。店先に積まれた酒樽《さかだる》が、長くそのままになった。

そうなるとありがたみも薄れて、人気は急落し売りにくくなった。司屋へ移る前までは、お丹に命じられ、卯吉が中心になって売っていた。

支払いが来月に迫っているので、気になっていた。大酒の合戦で一番になった福泉は完売したが、それでは払いきれない。小菊の話では、灘桜の販売ははかどっていない模様だった。

「おまえがいなくなって、四割近く落ちた」

「それは」

小菊の話よりも酷い状態だ。

「乙兵衛さんとも話したが、おまえの力は大きかった」

何を今さらと、卯吉は胸の内で呟く。お丹や市郎兵衛の言いなりになっていたではないかと、恨みがましいものが頭をよぎった。ただ口に出しても、仕方のないことだった。

「それでは、四千樽の代は支払えませんね」

「まあそうだが、この数日、旦那さんの様子が変わってきた」

「どう、ですか」

満足しているようには見えない。

「売ってくるようになった。次郎兵衛さんのようにな」

「それは」

魂消《たまげ》た。次郎兵衛が変わったのは分かるが、市郎兵衛が変わるというのは腑に落ちない。

市郎兵衛は、坂口屋で次郎兵衛が責められる場面を目の当たりにはしていたが、自分が矢面に立ったわけではなかった。それで心を入れ替えるほど殊勝な者とは感じられない。

しかも灘桜は値下げが許されないから、武蔵屋の看板があっても、売るのは難渋するはずだった。それが分かるから、巳之助は何か裏があるのではないかと案じているらしかった。

次郎兵衛のことは、お丹から聞いているとしたら兄弟は同じ動きをしているように感じられる。卯吉もその話を耳にすれば、不審に思う。

「何があったのでしょうか」

「さあ。大おかみは、旦那さんがその気になれば、この程度は容易《たやす》いとかおっしゃっているが」

またため息を吐いた。「その気」になどならない。なっても何もできないと、巳之助は踏んでいるようだ。

「酒樽は、出ているわけですね」

「出ている。ただ今月末払いだから、入金はまだない」

「売り先は顧客ですか」

「それが、新しいところだ」

「安売りでもしているのでしょうか」

次郎兵衛はそれで追い詰められた。そんなはずはないと思いながら口にした。

「帳面上はしていないが」

疑っている口ぶりだ。

期日までに蔵元に酒代を払えなければ、武蔵屋の暖簾に傷がつく。これまではただの一度もなかった。あればじきに、問屋仲間や小売り酒屋にも伝わるだろう。お丹の面目も立たなくなる。

「何らかの手を打たなくてはと、お丹さんは考えているでしょう」

「うむ。たとえ損をしても、支払いのための金子を用意しておきたいと考えるだろう」

「となると、手っ取り早いのは安売りですね」

「まあな」

浮かない顔だ。安売りに手を出せば、次郎兵衛がやったことと同じになる。巳之助はそれを案じていた。

安売りならば、市郎兵衛でもできるに違いない。

「仮に安売りをしていたとしたら、どこかで損失の埋め合わせをしなくてはなりません」

金の出どころがなければやれない。そんな金を出す縁者は、一人もいない。

「そこだ。武蔵屋には、もとはたくさんの家作があったが、ずいぶん減ってきた」

巳之助は、遠くを見る目になった。先代市郎兵衛や吉之助が生きていた頃の、武蔵屋の活況を思い出したのかもしれない。

お丹は金に困ると、その度に家作を手放すことで凌《しの》いできた。

「今回も、家作に手を付けるのでしょうか」

「それしかないだろう」

「ですが松枝町の家作は、坂口屋の集まりで、手放してはならぬという坂口屋さんの言い渡しがありました」

「いかにも。それは聞いている。しかしもう一軒、あるじゃあないか」

「そういえば」

日本橋富沢町の浜町《はまちょう》河岸にある清水屋《しみずや》という乾物屋だ。

「富沢町の家作ならば、住人の移動はないから、親戚筋にはほとぼりの冷めた頃に伝えればいい」

そこまで言ってから、巳之助ははっとした顔になった。慌てた顔で付け足した。

「いやいや、これははっきりしたことではない。旦那さんが正価で売ってくださっているならば、それでいいことだ」

言い過ぎた、と思ったのかもしれない。これまでの話を、打ち消す言い方をした。

いつの間にか、金杉橋を渡っていた。司屋の前で、巳之助とは別れた。

卯吉はしばらくの間、巳之助の後ろ姿に目をやった。炎天の人通りが、ぼやけて見える。

巳之助の歩き方は、いかにも頼りないものだった。

耳にした話は、捨て置けないものだ。本体である武蔵屋の暖簾に、傷がつく話である。聞いた以上は、そのままにはできなかった。

卯吉は富沢町の清水屋へ足を延ばした。

浜町堀の水面が、強い日差しを跳ね返している。荷船がそれを分けて、艪《ろ》の音を立てながら進んでいった。

卯吉は二度ほど、清水屋へ足を向けたことがあった。店賃《たなちん》を受取りに行ったのである。主人とは顔見知りだった。

敷居を跨いで頭を下げると、主人は相手をしてくれた。

「ええ、乙兵衛さんが見えました。土地と建物を買わないかという話でした。いきなりなので、びっくりしました」

六月になってからのことだという。

「それで」

「いや、うちもいろいろ厳しくて」

主人は頭を掻《か》いた。

「では、他に行ったのでしょうね」

「まあ、そんなところじゃあないですか。まとまった金子が欲しい様子でしたから」

もちろんその事情については、乙兵衛は口にしなかったとか。

「うちにしたら家主が変わっても、店賃さえ変わらなければ、どうでもいい話でして」

主人の話を聞いて、巳之助の言葉が真実味を持って感じられた。

五

卯吉は日本橋富沢町から、日本橋大伝馬町の大和屋へ足を向けた。勘十郎にこれまでの司屋の報告と、巳之助から聞いた話を伝えておこうと思ったのである。司屋に移って十日目には行ったから、二度目となる。

冷やした瓜《うり》を馳走《ちそう》してくれたのはありがたかった。

「次郎兵衛が売ってきたのも気になるが、まだ分からなくはない。しかし市郎兵衛もとなると、怪しげだな。これにはお丹も絡んでいそうではないか」

「はい。家作を手放すとなると、市郎兵衛さんだけの考えではないと思います」

「お丹も焦っているな」

「そうかもしれません」

献上の祝い酒や大酒の合戦で持ち直しかけたが、すぐに市郎兵衛や次郎兵衛が余計なことをして、余分な支出を余儀なくされる。

「庇《かば》うのを止めない限り、武蔵屋は浮かばれないだろう。そこに気付いてほしいが」

「はあ」

家作を売る件については、対処を考えようと言った。坂口屋吉右衛門にも伝えておけというので、鉄砲洲へも足を延ばした。

「市郎兵衛が灘桜を売っているという話は聞いていますよ。しかしその相手がこれまでの顧客ではないのが引っ掛かる。あの者が、新たな客を摑《つか》めるとは思えない」

「それは……」

その通りだと言いたいところだ。

「次郎兵衛とも組んで、何処《どこ》かへ売っているのかも知れない」

「ないとは言えないと思います。ただ司屋の者が見る限り、兄弟が会っている気配はありません」

　訪ね合うことは一度もなかった。

「市郎兵衛がどういう売り方をしているか、調べられるか」

　卯吉は司錦を売らなくてはならない。しかし母体になる武蔵屋が傾いたら、これまでしてきたことがすべて無駄になる。

「やってみます」

　それから卯吉は、武蔵屋へ行った。とはいっても、離れたところから、小僧を使って巳之助を呼び出した。お丹や市郎兵衛には内緒だ。

「市郎兵衛さんが売った灘桜の売り先を教えていただけませんか」

　と頼んだ。出てきた巳之助は、あっという顔をした。別れて半日もたっていないが、話したことについて卯吉があれこれ考えたのだろうとは察したに違いなかった。

「調べてみるか」

「そうしようと思います。力を貸してください。武蔵屋のためです」

「分かった」

　店に戻って、出庫の綴《つづ》りを持ってきた。

　巳之助も、武蔵屋へは小僧で奉公して番頭になった。店がこのままでいいとは考えていないだろう。だからこそ、出会った卯吉に店の様子を話したのだ。

出庫先を、卯吉は書き写した。

市郎兵衛が灘桜を卸した先は、二十軒ほどあった。その中で前からの顧客は三軒で、後は新規の店だった。これならば巳之助でなくても、不審に思うはずだった。

「どうしてこれらの店を、都合よく廻ったのでしょうか。行き当たりばったりでは、こうはいかないと思いますが」

新規の客を探すことがいかにたいへんか。巳之助は膚《はだ》で感じているはずだった。

「大おかみは、大昔に付き合いがあった店だと仰《おつしや》ったが、それならば付き合いを続けているはずだ」

巳之助は首を傾《かし》げた。


翌日卯吉は、その店を廻ることにした。まずは顧客だった一軒へ行った。ここでは灘桜を五樽仕入れていた。

「ああ、卯吉さん」

主人や番頭とは顔見知りだ。武蔵屋にいたときは、ここへも来て仕入れてほしいと頼んだ。しかしそのときは、仕入れてもらえなかった。

「武蔵屋を、出たそうですね」

初老の主人の声には、同情する響きがあった。

「まあ、いろいろありまして」

おおよその事情は噂《うわさ》で聞いているだろうから、否定はしない。詳しく話もしない。

灘桜を仕入れるに至った事情を聞いた。

「ここへは、お丹さんも見えたんですよ。仰天しました」

お丹が顧客の店にまで足を運んで頭を下げるなど、これまではなかった。

「それで仕入れたのですか」

情にほだされて、要りもしない品を仕入れるほど甘い主人ではない。

「支払いが、半年先でいいという話でしてね」

灘桜は、半年かければ売れる酒だ。ただこれだと、来月の蔵元への支払期日に間に合わない。期日に間に合わせようとするから、売りにくかった。

この商いは、武蔵屋にとっては窮状を救う手立てにはならない。ただ商いとしては、まっとうなものだ。

「どうしてそんなことをしたのか」

胸に疑問が残った。

「大おかみは、何か言いましたか」

「ひと頃の人気は確かにないが、じっくり味わえば、愛着の出る酒だと言いました。私もそれは確かだと思いました」

これも口にしたことは明らかだ。

他の顧客二軒もお丹が同道して、同じようなやり取りをしていた。支払期日も、同じく半年先だった。

そして次は、顧客ではない店へ行った。雑司《ぞうし》ヶ谷町《やまち》の小売り酒屋だ。護国寺の西方に当たる鄙《ひな》びた土地だ。鬼子母神《きしもじん》の門前町に店があった。人が集まるのは、この界隈だけといっていい。

「これか」

店を目にして、ため息が出た。間口こそ四間あったが、地回り酒しか置いていない。それも薦《こも》に薄《う》っすらと埃《ほこり》を被《かぶ》っている。ここは灘桜十二樽を仕入れたことになっているが、それを売れる店にはとうてい思えなかった。

店の主人は六十代も半ばを過ぎた老人で、耳も遠い気配だった。

「灘桜について伺いたい」

と告げると、ぎょっとした顔になった。店内には、灘桜の樽はない。

「ええ、武蔵屋さんの旦那さんから買いました」

主人は驚きを押し隠すように言った。

「その酒はどうしましたか。ここにはないようですが」

卯吉はわざとらしく、店の中を見回してから告げた。

「す、すぐに売れました。いい酒ですから」

目が泳いでいた。嘘《うそ》を言っているのは明らかだ。

「買ったのは、どなたですか」

「近隣の、お旗本方です」

武家だと、確認を取りにくい。そこを見越しているようにも感じた。

「では代は、払ったのですね」

「今月中に、払うことになっています」

他には、下り酒は扱っていない。どう考えても腑に落ちない商いだが、話を覆す証拠は何もなかった。

次の店へ行く。そこもその次に行った店も、雑司ケ谷町の店と同じ反応だった。

そして四軒目に行ったのは、今にも潰れそうな店だった。店の中を覗《のぞ》いてみると、全体が埃にまみれているかに見えた。小僧さえ一人もおいていない。もちろん灘桜の樽はなかった。

近所で、その店について訊いた。

「あそこは倅《せがれ》がいて、音羽の商家で番頭をしています。ですから老夫婦は、小遣い稼ぎに店を開けているだけです」

納得のゆく説明だった。

店に入って声をかけると、話に聞いた老人の主人が出てきた。

「下り酒を仕入れたようですが、売れるのですか」

それを聞いて、寝ぼけ眼だった主人の様子が変わった。おまえは何者だという目を向けた。

「ええ、売れましたよ」

口にしてから、文句があるのかといった目になった。

「どこの店ですか」

「どこの誰だか知らないが、それをあんたに教える筋合いはないでしょう」

喧嘩腰《けんかごし》だった。明らかにおかしい。

「私は、この酒を卸した武蔵屋に縁のある者です」

「ならばそちらで訊けばいい」

話にならなかった。問いかけをあきらめた。

店を出て考えた。仕入れられた灘桜は、何者かが買ったのは間違いない。しかしそれは、自らが飲むためではない。それで儲《もう》けようとしている者だ。

「市郎兵衛が謀ったのか」

と考えたが腑に落ちない。買い入れた灘桜は、どこかで売《う》り捌《さば》かなくてはならない。そんな知恵を、市郎兵衛が働かせられるとは思えない。

だとすれば、誰かが背後にいる。もちろん次郎兵衛ではない。

六

その日次郎兵衛は、二軒で二十一樽を売ってきた。丑松は十一樽で、卯吉は五樽だった。

「たぶん、私は運がよかったのだろう」

次郎兵衛は、天狗《てんぐ》にはならずそう言った。

「運も、ご自身が引き寄せるものです」

竹之助が、追従を口にした。丑松は、苦々しい顔をした。

卯吉は次郎兵衛がこれまでに売った店を、売掛帖《ちょう》を開いて調べた。出庫と入金の帳尻はあっている。ただ市郎兵衛が灘桜を売った小売りと、重なる店が四軒あった。

「おや」

さらに気がついたのは、買い入れた数の違いだった。

司錦を売るにあたって、廻る店は小売り酒屋や煮売り酒屋、居酒屋が中心だ。しかもおおむね地回り酒を売る小さな店だ。卯吉や丑松は、一軒につき一樽か二樽で、多くても三樽止まりだ。五樽など、いまだに一軒もなかった。

しかし次郎兵衛は、一軒で十樽前後を売る。しかも二度目三度目になっている店もあった。

次郎兵衛が売った、小売り酒屋の様子が卯吉の脳裏に浮かぶ。疑問しか浮かばない。

夜になって卯吉は、丑松と店の外に出て話をした。内容を、次郎兵衛に聞かせないためだ。

通りに出ると、多少は涼しい風が吹いている。夜店も出ていて、夕涼みをする人の姿もそれなりにあった。狭い長屋では、暑苦しいだけかもしれない。

卯吉は昼間巳之助と出会って聞いた話、勘十郎や吉右衛門から告げられたこと、そして市郎兵衛が灘桜を売った店を廻った詳細を伝えた。

「まあ、おかしいとは思っていたぜ」

丑松は吐き捨てるように言った。そして続けた。

「市郎兵衛にしても次郎兵衛にしても、あいつらに地味な売り方ができるわけがない。お丹と一緒に行った三軒は、胡麻化すためのものだな」

と決めつけた。

「他の店での売り上げを、本当らしく見せるためですね」

「ああ、他ではどこでも十樽以上を売っている。市郎兵衛と次郎兵衛の売り方は同じじゃねえか」

「ただ司錦は、売掛帖を見る限り安売りはしていませんよ。高くしてもいません」

「裏があるってえことではねえか」

苛立《いらだ》たし気に丑松は言った。

「からくりの詳細ははっきりしませんが、市郎兵衛さんと次郎兵衛さんは組んでいますね。どちらが声掛けをしたのかは分かりませんが」

そこまでは、確かだと思われた。

「お丹や市郎兵衛は、支払いが迫っているから売り急いでいる。ただ次郎兵衛は、無茶をしなくても地道に売っていけば借金を返せる」

「はい。次郎兵衛さんまでが、企《たくら》みに乗る必要はないと思われます。暖簾を傷つける商いをしているならば、やめさせなくてはいけません」

商いは、今を凌げば後はどうでもいいのではない。勘十郎を始めとする親戚たちは、それを伝えてきていた。彼らはそれで、己が担う暖簾を守ってきた。

悪事をあばいて、罪を問いたいわけではなかった。先代市郎兵衛がした「三本の矢」の話が、卯吉の頭の中にあった。

市郎兵衛にしても、見栄《みえ》を張らずに堅実にやればいいという気持ちがある。万一何かがあっても、勘十郎や吉右衛門らに、素直に助言を求めればすむ。仮に叱責はあったとしても、知恵や金を貸してもらえるのではないかと卯吉は考える。

「何であれ、実態を摑まないといけませんね」

忠告はしなくてはならないが、まだ市郎兵衛や次郎兵衛がしていることの全貌を摑めていない。まずは調べを進めなくてはならなかった。

翌朝次郎兵衛は、小僧たちに司錦二十一樽を積ませた。牛込若松町《うしごめわかまつちょう》の三春屋《みはるや》十樽と牛込馬場下《うしごめばばした》横丁の増野屋《ますのや》十一樽である。

卯吉は三春屋へ、丑松は増野屋へ向かい、司錦のその先の行方を確かめることにした。どちらも、繁華な町ではない。

三春屋は間口三間の古びた建物で、雑司ヶ谷町の酒屋と同じような外見だった。十樽が降されると、次郎兵衛と小僧は空の荷車を引いて引き上げた。

卯吉はやや離れた木陰から、様子をうかがった。町の周辺には大小の武家屋敷《やしき》があって、空では鳶《とび》が鳴きながら飛んでいた。

仕入れられた司錦は、売り物として店頭には並べられない。店先に積まれたままだった。じっとその様子を見守った。

半刻もした頃、土埃《つちぼこり》を上げながら荷車がやってきた。荷運び人足は二人で、三春屋の前に止まった。店の中に声をかけると、すぐに十樽を荷車に積み始めた。

積み終えると、荷車は店の主人に見送られて動き始めた。小禄《しょうろく》とおぼしい侍の屋敷と寺に挟まれた道を進んでゆく。そして田畑の広がる場所に出た。早稲田村《わせだむら》、中里村《なかざとむら》といったあたりだと見当がついた。

青々とした稲が日差しを浴びている。人の姿は、たまにしか見ない。

田畑の道を過ぎると、関口水道町《せきぐちすいどうちょう》へ入った。荷車が着いた先は、江戸川の河岸にある雑穀屋の倉庫の前だった。倉庫番がいて、番人の老人は、荷が着くのを知らされている様子だった。

すぐに戸が開けられた。酒樽を中へ運び入れると、人足らは引き上げた。姿が見えなくなったところで、卯吉は番人の老人に荷はどうなるのかと問いかけた。

「さあ。預かれと言われたから、中へ入れさせただけだ」

詳しいことは、何も聞かされていないようだ。ただ前に、五十樽ほど纏《まと》まったところで運び出されたことがあるとは言った。どこへ移したかなどは知らない。

しばらく様子を見ていると、新たな荷車がやって来た。酒樽を積んだ荷車だ。その後ろを、丑松がつけてきていた。

酒樽は、倉庫の中に納められた。離れたところからだが、中の様子をうかがった。はっきりとした数は摑めないが、数十樽が納められているのは明らかだった。

「今まで売られた分のほとんどは、結局ここへ集められ、さらにどこかへ運ばれるわけだな」

「ええ。何かの企みがあるのは、もう間違いありませんね」

丑松の言葉に、卯吉は頷《うなず》いた。

第五章　司屋の主人

一

江戸川の河岸道に立って、卯吉と丑松は雑穀屋の倉庫前にある船着場に目をやった。四、五十石くらいまでの荷船ならば、横づけできそうだ。

川の流れの向こうに、並行して神田上水の流れが見える。

「ここから、集まった酒をどこへ運ぶかだな」

「江戸ではないかもしれませんね」

江戸川を進めば神田川に出る。さらに東へ行けば、浅草川がある。

河岸の道で、七、八人の男の子が、棒きれを手にして何か叫びながら遊んでいる。身なりは貧しげだが、暑さなど気にしないで皆元気そうだ。七歳から十歳くらいまでの、近所の子どもだろう。青洟《あおばな》を垂らした子もいる。

卯吉がその中で一番年嵩《としかさ》の子どもに問いかけた。

「あの倉庫から、酒樽《さかだる》が運び出されるところを見かけたことはないか」

「見てねえなあ」

子どもたちが寄ってきた。わいわい言い始める。

「おいら、見たことがある。荷船が来て、いっぱい運んでいった」

「ああ。そういえばおいらも」

数人が目にしていた。具体的な数字は言えないが、話を聞いていると四、五十樽はありそうな様子だった。

「それはいつ頃だったのか」

「五、六日くらい前か。もっと後か」

はっきりはしなかった。けれども、十日以上も前ではなさそうだ。

「淡路屋とか東金屋が仲介しているのだろうか」

丑松が口にしたことは、卯吉も考えていたことだった。他に思い当たる者はいない。あの二人なら、何らかの形で売るだろう。

司錦と灘桜を同じように並べて売るのか、それぞれ違った売り方をするのか、そこは分からない。

「江戸を離れて売られるとなると、調べにくいな」

丑松が呟《つぶや》いた。叔父の茂助は、祈禱《きとう》をしながら北関東の街道を巡っている。何か気がつけば知らせてくれると言ったが、まだその気配はない。

「次郎兵衛さんに、尋ねてみましょうか」

卯吉には、次郎兵衛が本当に暖簾《のれん》を汚すような売り方をしているのか、まだ信じ切れない部分がある。ただ状況を見ていると、疑わざるを得ない。

「本気で悪巧みをしていたら、正直には言わないだろう。荷も他のどこかに隠してしまうかもしれない」

質《ただ》すのならば、もう少し確かなことを摑《つか》んでからにしようという話になった。

それから卯吉は、丑松とは別れて司錦の販売にかかった。次郎兵衛が何をしていようと、売り続けなくてはならない。買ってくれた相手は、顧客として長く繫《つな》げて行くつもりだ。

卯吉は、板橋宿へ足を延ばした。前に茂助が、ここで司錦を売っていると知らせてくれた。

その店へ行ってみた。あのときの司錦は、すでになかった。

「ほう。前よりも、卸値が安くなっていますね」

こちらの話を聞いてから、二樽引き取ってくれることになった。しかし芝からここまで二樽だけを運ぶとなると、大きな手間だ。売り先は考えなくてはならない。

同じ宿内で、後二樽売って芝へ戻ることにした。

浜松町まで戻ったところで、途中の路地から白い狩衣《かりぎぬ》姿の茂助が姿を現した。並んで歩きながら話をした。

「この数日、わしは成田《なりた》街道を歩いてきた」

江戸から下総《しもうさ》を繋ぐ道で、成田詣でに使う者が多い。何かありそうな顔だった。

「途中の市川宿や船橋《ふなばし》宿などでな、新川河岸の老舗の問屋武蔵屋から仕入れたという灘桜と司錦が売られていた」

「値段は」

そこで売られているとなると、やはり引っかかる。何より武蔵屋は、司錦を売っていない。

また武蔵屋は、街道の宿場の小売り酒屋へ直《じか》に卸すことはなかった。

「小売値は司錦一樽一両と銀四十八匁《もんめ》、灘桜は二両と銀四十八匁だ」

妥当な値段だった。ただ輸送賃を払ってわざわざそこへ運んで売る理由が分からない。淡路屋や東金屋の仕業だとしても、いったいどこで儲《もう》けるのか。

「おかしいですね」

納得のいかない値だ。

市郎兵衛には、たとえ値下げをしても早く現金化したいという焦りがある。ご府内では坂口屋などの目が光っているのでできないから、市川宿や船橋宿などへ運んだ。

それならば分かる。

しかし次郎兵衛は、売りたい気持ちは同じでも値下げはできない。それをしたら、借金を返せなくなる。竹之助が仕切る売掛帖《ちょう》も、今は胡麻化《ごまか》せない。

卯吉は、茂助が旅に出てからの武蔵屋や司屋の様子について伝えた。

「次郎兵衛さんは、借金を返さなくてはならないという強い気持ちを持っています」

それは信じていた。

「お丹は家作を売っても、市郎兵衛を助けるだけで、次郎兵衛までは手が回らないということだな」

「そうです」

ここで茂助は立ち止まり、額や首筋の汗を手拭いで拭いた。

「そこで市川宿の酒屋で一合買って、飲んでみた」

「…………」

「灘桜はそのままだが、司錦は違う酒だ」

「ええっ」

何を言い出すのかと思った。

「樽はまさしく司錦のものだ。しかし違う。何よりも水っぽい。水で薄めて嵩増《かさ》しをしているのではないか」

「なんと」

それならば、同じ値で卸しても儲けが出る。

翌朝卯吉は、茂助と共に深川小名木川《おなぎがわ》にある船着場から荷船に乗って、江戸川の市川宿へ向かった。下り塩を関宿《せきやど》へ運ぶ荷船に、駄賃を払って乗せてもらったのである。

船で江戸を離れるなど、卯吉には初めてのことだった。大小の荷船が、真っ直《ます》ぐな川面《かわも》を東へ向かって進んでゆく。朝の陽《ひ》ざしが眩《まぶ》しかった。

行徳河岸を過ぎると、幅広の流れの激しい江戸川に入る。荷船は流れに逆らって、川を上って行く。風を受けた帆が丸くなって、荷船は進んだ。何艘《そう》もの、下ってくる荷船とすれ違った。

「日頃わしは陸路を歩くが、たまには水路もよいな。歩かずに済む」

そんなことを茂助は言った。

市川宿は川の東河岸に関所があり、西側に宿場が続いている。水路と陸路が交わる、成田街道の重要な宿駅だ。人と物が集まり、散って行く。

「ここにはな、下り酒も地回り酒もあるぞ」

茂助は言った。

船着場について、二人はいの一番に荷船から飛び降りた。何艘もの荷船が停《と》まって、人足たちが荷の積み下ろしをしている。

「この店だ」

卯吉は茂助に連れられて、間口五間ほどの酒屋の前に立った。宿場では、大店《おおだな》といっていい店だ。街道は、多数の旅人や荷を背負った馬が行き交って行く。敷居《しきい》を跨《また》ぐと、店内には樽酒が並べられている。その中に司錦もあって、一升百八十文で売られていた。

茂助が一合を買い求めた。茶碗《ちゃわん》を借りて、卯吉は飲んでみた。

「どうだ」

「まさしくこれは」

水で薄めた酒だ。他の安酒も混じっている。司錦の痕跡が、わずかに残っている程度だった。

「これは司錦ではありませんね。こんな酒を、武蔵屋の名で売った者がいるわけですね」

明らかに、不正な商いといってよかった。司錦ではない酒を武蔵屋の名で売っている。しかし樽は、司錦のものに違いなかった。

「このあたりでは、司錦の味を知る者はいない。しかし水で薄めたとはいえ、風味が消えてしまったわけではない。他の酒も混ぜているから、飲めば酔う」

「こういう酒だと思って、飲む客がいるわけですね」

「そうだろう。卸した者は、一度売ってしまったら後は知らない。武蔵屋の暖簾など、どうでもいい連中だ」

「二人の兄は、やはり金に目が眩《くら》んだのでしょうか」

失望があった。特に期待した次郎兵衛については、無念が大きかった。

卯吉は店の者に問いかけた。

「司錦を卸したのは、誰でしたか」

「江戸の新川河岸の、武蔵屋から来たと言いましたよ」

主人は老舗の下り酒問屋武蔵屋の名を知っていた。腰の低い商人だったとか。外見を訊《き》くと、淡路屋や東金屋だと察しられた。

「武蔵屋の品ならば、確かだと思います」

恥じらう様子もなく、主人は返した。

店の外に出て、卯吉と茂助は話した。

「淡路屋と東金屋が、兄たちを誑《たぶら》かしたんです。捕まえて、不正な酒を売ったとして町奉行所に差し出します」

怒りを抑えながら、卯吉は言った。

「いや、今の段階では名を騙《かた》っただけだ。大きな咎《とが》にはならない。すぐに解き放たれて、また勝手なことをするだろう」

「そうですね。そもそも淡路屋らが、水などを混ぜた証拠はどこにもありませんね」

自分は知らない。仕入れた者が混ぜたのではないかとやられたら、それまでだ。

宿内の、他の酒屋へも行ってみた。司錦と灘桜が、武蔵屋から仕入れた品として売られていた。

「ではどうしたら、淡路屋と東金屋が司錦に水や安酒を混ぜたと明らかにできるでしょうか」

二

卯吉は茂助に問いかけた。現場を突き止められれば一番だが、簡単にはできない。

関口水道町でやれば、すぐに何をしているのかと、近隣の者の間で噂《うわさ》になるはずだがそれはない。

江戸川の河岸で遊んでいた子どもたちが目にした荷船は、その加工場へ運ばれたことになる。

帰りの船では、それについて話し合った。

「次郎兵衛さんに、訊いてみましょう」

事情を伝えれば、正直に話すだろうという判断だ。商人としての正義を、まだ信じたいと思っている。

「共に企《たくら》んだのならば、話さないだろう」

茂助はにべもなかった。次郎兵衛は淡路屋と東金屋には、前に縁切りをしていた。

その様子は、卯吉も目にした。

しかし金が目当てで、再び手を結んだと考えられる。

「地道に売れば、三月後には借金を返せる。にもかかわらず暖簾を汚す商いをするというのならば、他に金が欲しいわけがあるのではないか」

茂助の言葉は、もっともだった。

「次郎兵衛が、金を欲しがる他の理由があるとすれば何か」

卯吉は考えた。思い当たるのは一つだけだ。

麻布氷川の女郎屋一松屋の紅葉という女の存在だ。

そういえば、紅葉に身請け話が出ていると聞いた。

「どうなっているのか」

確かめなくてはならない。次郎兵衛の紅葉への思いの濃さと状況によっては、新たな展開が見えてくるかもしれなかった。

ただ話を聞くにしても、女郎という者とどう関わったらいいのか見当もつかない。前は話だけ聞いて見世を出て来たが、知りたいことを充分に聞けたわけではなかった。

江戸へ戻った卯吉は、市川宿まで出向いて見聞きしたことを丑松に伝えた。

「なるほど。阿漕《あこぎ》な儲け方をするじゃねえか」

話を聞き終えた丑松は、怒りをこめて口にした。

「次郎兵衛は、そういうことを分かっていて、酒を廻《まわ》している。あいつはちっとも悔いてなんかいねえぞ」

それが腹立たしいらしかった。

卯吉は、紅葉という女についてさらに調べてみたい旨を伝えた。

「それはおれに任せろ」

一松屋へは、丑松がゆくと言った。

「ただし花代の半分は、おまえが出せよ」

そこはしっかりしていた。

丑松は、麻布氷川の女郎屋一松屋の前に立った。路地は昼見世が始まって間もない頃で、それなりの男客の姿があった。

一松屋の格子の向こうには、六、七人の女が並んで客を呼んでいた。二人の勤番侍ふうが、女を相手に何か話している。丑松は、一人一人の顔や姿をじっと見つめた。女は威勢よく声を上げ手招きをする者もいれば、伏し目がちに座っているだけの者もいた。

　丑松は、紅葉本人に当たるか、それとも他の女に訊くか思案した。本人に訊くのが手っ取り早いが、初めて来た客に、べらべらと自分の差し迫った事情を話すとは考えられない。

「そこのいなせなお兄さん」

　近寄ったところで、二十歳過ぎらしい女が声をかけてきた。低い鼻が、やや上を向いている。しかし気のよさそうな女には見えた。

「紅葉という人はいるかい」

　と答えた。そういえば、まだ顔を見ていないと気がついた。

「何だ、お目当てがあったのか」

「いや。そうじゃねえが、評判を聞いた。どんな顔かと思ってね」

「紅葉なら、あの人だよ」

　指差したのは、格子の端に座っていた女だ。声を上げて客引きをしていなかった者の一人だ。鼻筋の通った美形だが、何処《どこ》か翳《かげ》がある。

　あの女なら惹《ひ》かれる客はいるだろうなと感じたとき、職人の親方ふうが声をかけた。すぐに話がついた様子だった。紅葉は格子の場から、姿を消した。

「惜しかったね。ちょっとのところで」

目の前の女が言った。どこか同情する気配も感じて、話を聞くにはこの女でもいいかと腹を決めた。

「なあに、紅葉じゃなきゃあってえわけじゃねえさ。あんたがいい」

「嬉《うれ》しいねえ」

通された四畳半の部屋へ入った。丑松には決まった見世の馴染みの女がいるわけではないが、女郎屋へは二、三か月に一度くらいは足を踏み入れる。嬉しいときや悔しいときだ。

部屋にはすでに、床が延べられていた。卯吉は女の膚《はだ》には手も触れないで帰ったというが、丑松は違う。

「せっかく花代を払ったのだから」

と考える。丁寧に接した。

事が済んでから、丑松は銭を与えて紅葉について問いかけた。

「あの人のことが、そんなに気になるのかい」

足を絡めてきた。

「身請け話があると聞いてね。どんな話なのかと知りたくなったのさ。おれも、おめえみてえな女を身請けできる身分になってみてえのさ」

「そうなったら、いいねえ」

女は話を合わせてくれた。

「紅葉は、話がまとまりそうなのかい」

「いや、それが。二人名乗りを上げていてさ」

どこか羨ましそうな口ぶりだ。一人は太物屋の隠居で、もう一人が酒商いの若旦那だそうな。

「へえ。豪儀《ごうぎ》な話じゃねえか」

次郎兵衛は、紅葉を請け出そうとしているらしい。しかも競争相手がいるようだ。それならば、司錦で一儲《ひともう》けしたいところだろう。

「紅葉は、どちらの方がいいのかね」

「そりゃあ若旦那の方じゃあないかい」

金持ちというならば、隠居の方らしい。しかし隠居の方は、何事も金で片をつけようとする人物らしい。

「好いて好かれて、というやつか」

「まあ、そうらしいけど」

「妬《や》けるねえ」

と笑い合った。

紅葉という女を取られたくないと思ったら、荒稼ぎでも何でもしなくてはならない。久離の身になっても、紅葉のもとには通っていた。

それならば、よほどの思いなのかもしれない。

次郎兵衛は、女の好き嫌いが激しいと丑松は見ている。お丹が決めた釣り合いの取れる大店商家の娘と祝言を挙げたが、一年も持たず離別となった。どちらも我がままで、いつも相手に腹を立てていた。

紅葉との関係は、それとは違うようだ。

三

その頃卯吉は、前に司錦を買ってくれた店を廻っていた。売れていたら、追加の納品をしようと思うからだ。在庫を切らさないという考えだ。

成田街道で売られていた司錦は、何処かで水や他の安い酒が混ぜられている。茂助の話では、市川宿や船橋宿だけではない。水戸街道《みとかいどう》の宿場などでも、同じ売り方をされているとのことだった。

　どこでどういう手口で、酒の加工をしているかは、まったく分からない。そこを探るのが急務だが、今のところは見当もつかない。

　ただ司錦は売らなくてはならないから、廻っていた。

　次郎兵衛は、これまでと変わらない顔で店を出て行った。とんでもない酒にして売っていることを、微塵《みじん》もにおわせない。後ろ姿を見送って、卯吉の胸には無念の気持ちが湧いた。

　三軒目に行った店は牛込原町《うしごめはらまち》で、三樽入れたが売り切れていた。さらに四樽の注文を受けた。ここでは好調だった。空になった樽は、もう店先から片付けられている。

「新川河岸の大店の下り酒は飲めないが、この下り酒ならば少し無理をすれば飲める。そういう人が買って行きますよ」

　中年の主人が言った。それでいいと思いながら卯吉は聞いた。水など混ぜずに地道に売れれば、これはこれで安定した商いの品になる。

　ふと気がつくと、店の横手に空になった商売物の四斗樽が積まれていた。どうするのかと尋ねた。

「あれは売るんですよ。腰かけにもなるし、漬物にするのにもいいですからね」

樽買いが廻ってくるのだとか。

「ほう」

「なぜかは知らないが、司錦の文字が印譜された空樽が欲しいという人がいましてね。その人は他の樽よりも二割増しの値で買ってくれます」

初めて顔を見せた者で、司錦を置いていることを知っている様子だったとか。

「買うのは、司錦だけですか」

「そうです。そろそろ来る頃ではないでしょうか」

「なるほど」

それで頭にひらめくことがあった。司錦の空樽が欲しい理由が、思い当たるからだった。

次の店へ行った。ここではまだ仕入れはなかったが、数日したら仕入れられるかもしれないと女房に言われた。最初に納めた酒は空になって、追加で二樽入れた店である。

「司錦の空樽は、どうしていますか」

「樽買いの人が来て、売りましたよ」

「他の樽と、一緒でしたか」

「そういえば」

女房は首をかしげてから付け足した。

「わざわざ司錦の空樽だけを買って行きましたね。他の樽よりも、二割増しの値でしたっけ」

前の店に来た樽買いと同じやり方だ。集めていることになる。

「どういう人でしたか」

「さあ、どこにでもいる振り売りみたいな人でしたが」

界隈《かいわい》では見かけない、初めて見る顔だったそうな。淡路屋か東金屋あたりに頼まれた者かと推量できた。

司錦の空樽は、水増しして売るには必需の品だ。

他の店でも、空樽について問いかけた。

「ええ。空になったら、売って欲しいと言う人がやって来ました」

「やはり」

これで初めて、淡路屋らの企みの裏側が見えてきた。

そうなると問題は、空樽がどこへ運ばれるかということになる。水や他の酒を混ぜ加工する作業を、どこかでしなくてはならない。おそらく運ばれた先で行われているはずだ。

次郎兵衛ならば、卯吉や丑松がどこの小売りで売ったか、調べるのはわけがない。売掛帖を検めて、そこを当たればいいだけだ。

この日は、十数軒廻った。昼過ぎは、音羽から大塚界隈を歩いた。

「そういえば、今日の夕方に空樽を買いに来ると言っていましたよ」

音羽で、そういう店があった。

「さようで」

胸が躍った。早速の反応だ。

さらに尋ねると、音羽と大塚界隈でも来ると分かった。合わせて十樽だ。他も廻っていたら、それ以上の数になるだろう。

「この機会は、逃せない」

夕暮れになる前の七つどきから、店の奥に潜ませてもらった。じっと樽買いが現れるのを待った。

じっとしていると、ヒグラシが鳴き始めた。どこかヒグラシは寂しげに聞こえた。まだまだ暑い日が続くが、卯吉は夏も終わりに近づいている気配をそれで感じた。借金の返済日が、少しずつ近づいてくる。

半刻ほど待って、荷車を引いた男が現れた。積んでいるのは、すべて司錦の空樽だった。

卯吉が潜んでいた店からは、二樽を買った。

「またお願いします」

男はそう告げると、荷車を引いた。卯吉はつけて行く。

荷車は、音羽の卯吉が昼下がりに行った店の前で停まった。ここでは四樽を買い入れた。さらに一軒で買い入れて、空樽は十数個になった様子だった。

行き着いたのは、江戸川沿い牛込水道町《うしごめすいどうちょう》の北側にある石切橋《いしきりばし》の袂《たもと》だった。下の船着場に船が停まっている。

荷車の男は、ここで運んできた空樽を下ろし、待っていた船に移した。数えると、樽は十八あった。積み終えると、船頭は男に銭を与えた。

荷車は引き上げ、船は水面を滑り出た。

それで卯吉は慌てた。見逃しては、次がいつになるか分からない。近くに船がないか探した。しかし見当たらない。

川に沿った道から、船を追いかけた。そろそろ薄闇が地べたを這《は》い始めている。

しばらく行ったところで、空船が停まっていた。何かの荷を運んだ後らしい。卯吉は船着き場へ駆け下りた。

「済まないが、あの船を追ってもらえませんか」

「ええっ」

迷惑そうな顔をされたので、五匁銀を奮発した。

「行きやしょう」

船頭の顔つきが変わった。卯吉が船に乗り込むと、すぐに水面を滑り出た。

樽を積んだ船は、江戸川から神田川に入った。東に向かって進んでゆく。浅草川に出て、すぐに両国橋《りょうごくばし》下を南に潜った。川を下って行く。新大橋《しんおおはし》も潜った。その頃には、船は深川側に寄っていた。

油堀《あぶらぼり》へ入った。すでに川面《かわも》は薄暗い。

船は迷わず東へ向かう。ついに右手に、木置場が現れた。木の香が、風に乗ってきた。

樽を積んだ船が辿《たど》り着《つ》いたのは、木場の先にある十万坪《じゅうまんつぼ》と呼ばれる広大な空地の一角だった。伸びた夏草が、辺りを覆っている。群れた蜻蛉《とんぼ》が、揺れる草の先を飛んで行く。

人の気配はまったくない。風の音がして、ヒグラシだけが鳴いていた。

船着場の先に、倉庫ともいえないような朽ちかけた建物があった。艫綱《ともづな》をかけた船頭は、船から降りてその小屋へ入って行った。

すると三人の破落戸《ごろつき》ふうが外へ出てきた。

運ばれてきた空樽を、倉庫の中に運んだ。船頭はそこで、引き上げていった。

すでに日差しは、西空に沈もうとしている。卯吉はここまで運んでくれた船は帰らせて、小屋に近づいた。

音を立てぬように近づいて、小屋の隙間から中を覗《のぞ》いた。淡い明かりが、積まれた空樽を照らしている。すべてが司錦で、ざっと見ただけでも四十樽以上はありそうだった。屈強そうな破落戸三人が番をしている。樽の脇には、大ぶりな柄杓《ひしゃく》も置かれていた。

さらに一方には、見たこともない地回り物の酒樽が積まれていた。

「ここで水などを混ぜるのだな」

卯吉は呟いた。懐に手を入れると、指先に御守が触れた。一歩前に踏み込んだぞと、小菊やおたえに伝えた。

四

夜、卯吉は丑松と一緒に茂助が草鞋《わらじ》を脱いでいる旅籠《はたご》へ行って、三人で分かったことを伝え合った。茂助には、店で扱っている酒を入れた一升徳利《どっくり》を手土産にしている。

三つの茶碗に、茂助が酒を注いだ。

「次郎兵衛は、女郎を身請けするために、司錦で金を作ろうとしていやがる。どこまで性根が腐っているんだ」

丑松が罵った。

「いかにも、我らにしたら許せぬが、男と女のことだからな。それなりの思いはあったのであろうが」

茂助は、肩を持つ言い方をした。卯吉もそれに近いが、だからといって見過ごすつもりはなかった。

「とどのつまりは、司錦や灘桜で一儲けしようとしている淡路屋や東金屋に、いいようにされているのではないでしょうか」

次郎兵衛は懲りないやつだと思いながら、ため息を吐いた。

「それにしても十万坪というのは、考えたな。あそこならば、何をしていても怪しまれることはない」

丑松が言った。しかし空樽を集めて置いているだけでは、どうすることもできない。

「司錦を、水で薄めている場面を捕えたいな」

茂助が言った。その上で、町奉行所の市中取締《しちゆうとりしまり》諸色調《しよしきしらべ》掛《がかり》に届け出ようと付け足した。

市中取締諸色調掛は、市中の商品の価格の取締りをする役だ。不当な値上がりを押さえる役目を担っているが、明らかな不正があれば乗り出してくる。酒は公儀の統制品で、それを勝手に加工し販売元の名を騙《かた》って売れば、明らかな不正となり関わった者は咎を受ける。

「武蔵屋の暖簾は守れますね」

ここが一番の眼目だ。司錦を売るにしても、加工された粗悪品が出回っていたら、商いは成り立たない。

「密《ひそ》かにやっているつもりでも、いつかは必ず世間に広まる。そういうことに気がつかないのは、市郎兵衛や次郎兵衛の目が眩んでいるからだ」

茂助は決めつけた。

「まったくだ」

丑松が応じた。卯吉にとって三本の矢の話は、今になってみると虚《むな》しい。

「酒の水増しについては、次郎兵衛さんは知らないのではないでしょうか」

と卯吉は言ってみた。すると丑松が、すぐに反論した。

「そんなことが、あるわけがない。他にどうやって、身請けの金を作る手立てがあるのか」

こう告げられると、返す言葉がなかった。

「市郎兵衛が関わっているのは、安売りだ。不正ではないから町奉行所が関わるものではないが、武蔵屋の売り方の方針からは外れる。親戚筋は許さないだろうし、下り酒問屋仲間も黙ってはいないだろう」

「司錦を卸した問屋として、名を使わせるだけでも、ただでは済まないことだ」

茂助の言葉に、丑松は続けた。そして茶碗の酒を、一気に飲み干した。手酌で新たな酒を注いだ。次郎兵衛らのやること一つ一つに腹が立つのだろう。

「やつらの動きを止めるには、手立ては一つしかありませんね」

「いかにも、水で薄める場面を急襲しなくてはならない。そこには、淡路屋や東金屋だけでなく、次郎兵衛も姿を見せるのではないか」

茂助も、茶碗の酒を飲み干した。

「関口水道町の納屋には、もうずいぶん酒が集まっているはずです」

「うむ。あそこもいっぱいになったら移すだろうな」

「倉庫番の爺《じい》さんに銭をやって、中を覗かせてもらいましょう。そうすれば、いつ移すのか見当がつくのでは」


翌日、卯吉と茂助、丑松の三人は、関口水道町の倉庫番のもとへ出向いた。この日は空に雲がかかって、風もあった。だいぶ過ごしやすい日になりそうだった。

「持ち主の許しもないのに、納屋の戸を勝手に開けることなどできねえ」

番人はそう胸を張った。

「それはもっともだ。しかしな、人には情というものがある。そなたには、瑞兆《ずいちょう》の相が出ておるぞ」

茂助はそこで数珠を繰って音を立てた。それから銭を与えた。

「まあ、ちょっとの間だけで」

番人の老人は、分かりやすい人物だった。

軋《きし》み音を立てて、戸が開かれた。三人で中に入った。司錦が積まれている。

「ざっと見て、四、五十樽くらいはありそうだな」

「この数日で、次郎兵衛が売った数だ」

「そろそろ、運び出してもよさそうですね」

卯吉が、丑松に続けて言った。

「近く樽を運び出すという話は、聞いていませんか」

「ないね。運び出すときは、いきなり人がやって来る。前のときはそうだった」

番人は答えた。

ともあれ勘十郎には、ここまでのことを伝えておかなくてはならない。卯吉は大伝馬町の大和屋へ行った。

「樽の移動は近いと見えます。そこで関口水道町の納屋と十万坪の小屋をも張ります」

卯吉は調べたことや倉庫内の状況を話した上で、三人で打ち合わせた内容を伝えた。

「次郎兵衛が、司錦を酷《ひど》い酒にしたのは女のためか」

「おそらく」

「あやつは、もうだめだな」

冷ややかな表情になった。それから口調を改めた。

「次に動いたときが勝負だ。ぬかるな」

勘十郎は、店の輸送用の小舟を貸してくれると言った。樽の移動に際して、後をつけるためのものだ。万一運び先が十万坪でなければ、それなりの動きができる。

「次郎兵衛さんは、十万坪に現れるでしょうか」

「現れれば、加担していることを自ら明かしたようなものだ」

「はあ」

「来なくても、捕えた者が白状すれば言い逃れは厳しかろう。すでに加工された司錦は、市川宿などで売られているわけだからな」

「出どころを探れば、次郎兵衛さんが売った酒に行き着きますね」

卯吉は、鉄砲洲の坂口屋へも足を運んだ。勘十郎に話したことと同じ中身を吉右衛門に伝えた。

「わかった。私は町奉行所の市中取締諸色調掛に話を通しておこう」

話が早かった。

「お丹も市郎兵衛も、目先のことしか見えないな」

ため息を吐いた。

坂口屋を出たあと、卯吉は武蔵屋の裏口へ行った。通りかかった小僧に、小菊を呼んでもらった。

小菊は前掛け姿で出てきた。台所仕事の指図をするときには、口で言うだけではない。自らも動くので、前掛けは欠かせない。

卯吉は、ここまで調べたこと、やろうとしていることをかいつまんで聞かせた。武蔵屋と司屋がどうなっているか気になっているはずだった。

「お丹さんも市郎兵衛さんも、司屋のことは店の者の前では一切口にしません。でも三日に一度くらいは、二人で出かけます」

「どこへ行くのでしょう」

「店の小僧が、配達の途中で見かけたそうです」

江戸橋の近くだそうな。お丹と市郎兵衛が、甘味屋へ入って行った。中を覗くと、次郎兵衛がいたのだとか。

小菊は小僧に折々声掛けをし、繕い物などをしてやることもある。小僧は懐いているから、そういう話をするらしい。

「なるほど。三人は会って、店の者には聞かせたくない話をしているわけですね」

三人は、灘桜と司錦の動きを知っていることになる。自分たちが置かれている急場をどう凌ぐか、三人なりに検討はしている模様だった。

「おたえは、算盤《そろばん》の稽古をよくしています」

小菊は表情を緩めて言った。

「それは何よりです」

「今度卯吉さんに習うときに、上達していて驚かせたいそうです」

そう言ったおたえの表情が、見えるようだった。

「楽しみですね」

短い時間だったが、小菊と話ができて気持ちが穏やかになった。もうしばらく話をしていたかったが、それは憚《はばか》られた。

五

翌朝、起きて来たときの次郎兵衛の様子は、いつもと変わらなかった。

「今日は、昨日売った十樽を届けた後は、駒込《こまごめ》界隈を廻ってみることにする」

と卯吉に告げた。ここのところ毎日十樽以上を、必ず持ち出している。竹之助には売れたと伝えているが、それらは不正の酒に加工される。精米率の低い安価な酒とはいっても、不正な酒とするために、江戸へ運ばれたのではなかった。

酒商人として、卯吉は商品を不憫《ふびん》にさえ思った。司錦は求める人に、適価で売られ飲まれなければならない。

「お気をつけて」

心中を顔には出さず、次郎兵衛を見送った。新川河岸のどこかで、茂助が見張っている。後をつけることになっていた。

「じゃあ、おれも行くぜ」

丑松は関口水道町の納屋へ向かった。集められた司錦の動きを追う。卯吉が出かける先は十万坪だった。

手には五尺ほどの棒を手にした。棒術の稽古に使っているものだ。加工の現場を押さえても、素直に畏れ入るとは考えられない。腰には水筒を下げ、麦交じりの握り飯を手拭いにくるんで結び付けた。見張りを始めたら、動くことができなくなる。

永代橋《えいたいばし》を東に渡って、仙台堀河岸《せんだいぼりがし》へ出る。東に向かって歩いて、十万坪の端に出た。夏草の茂る広大な荒地に、朝から強い日差しが当たっていた。

中に足を踏み入れると、むせかえるような草いきれが鼻を衝《つ》いてきた。身を隠す場所には困らない。小屋の様子がよく見えるあたりに、卯吉は陣取った。

小屋に人の気配はない。戸は閉められたままだ。鳶《とび》と蟬《せみ》の鳴き声が聞こえるばかりで、川に沿った道を人が通ることもなかった。

「今日は、何もないのか」

と思ったが、二日や三日待ちぼうけを喰《く》らうのは、仕方がないと見込んでいた。じりじりと夏の日が昇ってゆく。

四つ頃になって、いきなり人の話し声が聞こえてどきりとした。目をやると、川の船着場に舟が停まっていて、四人の男が降りてきたところだった。

卯吉は茂る草の間から目を凝らした。一人は旅姿の商人で、東金屋佐久造だった。腰に長脇差を差し込んでいる。あとの三人は、先日見かけた破落戸ふうだ。

「やはりあいつが、背後にいたわけだな」

卯吉は呟いた。予想はしていたが、これではっきりした。

淡路屋と東金屋が芝の店に現れたとき、次郎兵衛は追い返した。しかしやつらはあきらめず、どこかで次郎兵衛と接触していたことになる。

初めのうちは売れなかった。おまけに紅葉の身請け話が持ち上がった。地道にやろうとしていたが、誘惑に勝てなかったということか。

卯吉は四人の動きを見詰める。

破落戸三人が、小屋の中にあった古びた荷車を引っ張り出した。これに空き樽十ばかりを積んで、河岸の道に出た。先頭を東金屋が歩いて行く。

行き着いたのは、荒地から一番近い農家だった。東金屋が建物の中に入り、少しして出てきた。樽を積んだ荷車が近づいたのは、母屋の横手にある井戸だった。

水を汲《く》み上《あ》げ、持ってきた樽にざあと入れた。流れ落ちる水が、日差しを跳ね返した。

「いよいよだな」

何をするかは一目瞭然だった。

すべての樽が水で満杯になると、荒地の小屋へ戻った。残った卯吉は、庭先にいた農家の女房に問いかけた。

「これで二度目だね。水を買ってくれるんだから、こちらとしては文句はないよ」

と返された。

小屋の見える草の陰に戻った。樽の水は、小屋の中に入れられた。

関口水道町へやって来た丑松は、河岸道にある地蔵堂の陰に身を置いて様子をうかがった。遠くで、子どもが遊ぶ甲高い声が聞こえた。

倉庫の戸は閉じられている。番小屋では、老人が居眠りをしていた。じっとしていても暑いが、川風があると救われた。

しばらくは何も起こらない。しかし一刻ほどして、川面に艪《ろ》の音が響いた。空の平底船が現れた。船頭の他に、菅笠《すげがさ》を被《かぶ》った商人ふうが乗っていた。

商人ふうは、船から降りた。そして番小屋へ入った。そのとき笠《かさ》を取ったので顔が見えた。淡路屋利三郎だった。旅姿で、長脇差を差し込んでいる。酒を加工した後は、そのまま江戸を離れて売りに出かけるのだろうと察しられた。

「そうはさせねえぞ」

丑松は吐き捨てるように言った。けれどもすぐに動き出すわけではなかった。さらに半刻ほど待った。

今度は荷車が近づいてくる音が聞こえた。十樽ほどの酒樽を積んだものだ。三人の人足ふうが引いたり押したりしていて、菅笠を被った商人がついている。姿を見ただけで、次郎兵衛だと分かった。

腹の奥が、熱くなった。

「やっぱりあいつは、駄目なやつだ。救えないやつだ」

罵った。

荷車は倉庫には行かず、船着場へ出た。淡路屋が、番小屋から姿を現した。荷の到着を待っていた。これから運び出してゆくことになる。

荷車の樽だけでなく、倉庫の樽も平底船に積まれた。合わせると六十樽近くあった。淡路屋と次郎兵衛が船に乗り込んだ。

艫綱が外されると、船は滑り出た。

丑松は、やや離れた場所にある船着場に移った。そこには勘十郎から借りた小舟が舫《もや》ってある。そこにはすでに、茂助の姿があった。次郎兵衛をつけて、ここまで来たのである。

「つけるぞ」

艪を握った茂助が言った。

日が、中天近くにまで昇った。雲がかかると、卯吉は少しほっとする。この数日、入道雲を見かけなくなった。六月も、そろそろ終わりだ。

艪の音が聞こえた。川に目をやると、酒樽を積んだ平底船が、荒地に沿った川へ入ってくるところだった。

小屋にいる者たちも、船の到着に気付いたらしく外へ出てきた。船着場に駆け寄った。

船から飛び降りた二人の商人ふうに、卯吉は目を凝らした。

「ああ、次郎兵衛さんがいる」

呟きが漏れた。心の臓を、ぎゅっと握りしめられたような圧迫を感じた。痛みと悲しみが湧き上がっている。

これで次郎兵衛の裏切りが、はっきりしたものになった。もうどんな言い訳もできない。

司屋に移ったばかりのときに、次郎兵衛は三本の矢の話をした。父の先代市郎兵衛と、顧客廻りをした。そのときの商人としての初心を思い出したからである。

「あれは何だったのか」

あのときの言葉に、嘘《うそ》はなかった。

ただ、感慨に耽《ふけ》ってはいられない。卯吉は気持ちを奮い起こした。懐にある、御守を握りしめた。不正のさまを、はっきりと目で見て確かめなくてはならない。

船から降ろされた樽は、小屋の中に運ばれた。空になった平底船は、それで引き上げて行った。

　すると見計らったように、茂助と丑松が姿を現した。三人は顔を見合わせ、頷《うなず》き合った。

　音を立てないように、叢《くさむら》に身を隠しながら小屋に近づいた。小屋の裏手に廻って、壁の隙間から中を覗いた。

　樽の蓋が開けられ、東金屋の指図で破落戸の一人が大柄杓を手にした。空樽に酒を移し始めた。酒のにおいが、外にまで漏れてきた。

　三分の一ほどをすくい取ると、他の破落戸が、水と他の酒を混ぜ始めた。次郎兵衛はその様子を、呆然《ぼうぜん》とした様子で見詰めている。

　卯吉はいたたまれない気持ちになった。自分の大切なものが、汚されている。それは単に酒というだけでなく、商人として守らなくてはならない矜持であり武蔵屋という暖簾でもあった。

　辛抱が切れた。卯吉は小屋の入口に回り込んだ。

「偽の司錦を作る場を見届けたぞ」

　叫んだ。茂助や丑松もついて来ていた。

「な、何だと」

東金屋が、驚きの声を上げた。ここに卯吉らが現れるとは、考えていなかった模様だ。

「これは司錦じゃねえ」

淡路屋が返した。往生際が悪かった。

次郎兵衛は、体を震わせている。叫びたいが、声も出ないといった気配だった。

「すぐにやめろ。そして神妙に、我らの指図に従え。町奉行所には、すでに話が通してあるぞ」

茂助が腹に染みるような声で告げた。

「うるせえ」

「やっちまえ」

東金屋と淡路屋が声を上げた。柄杓の酒が、ざぶとまかれた。東金屋と淡路屋は、立てかけてあった長脇差を手に取った。腰に差すこともなく、一気に抜き払った。

「このやろ」

東金屋が、卯吉を目指して刀身を突き出してきた。淡路屋は錫杖《しゃくじょう》を手にした茂助に襲いかかった。他の破落戸は、柄杓や棍棒《こんぼう》、匕首《あいくち》を握りしめた。

丑松はその一人に躍りかかった。

卯吉には、疾風《かぜ》が迫って来た。目の先に現れた切っ先を、棒の先で弾《はじ》いた。そのまま棒を回転させて突こうとしたが、相手の刀身は巧みにそれを避け、角度を変えて振り下ろされてきた。

「やっ」

切っ先に勢いがある。卯吉は体を横に飛ばしながら、それを払った。

接近戦では、得物が長いこちらは不利だ。間を空けようとするが、向こうは切っ先を向けて飛び込んでくる。安定した動きだ。

諸国を巡る東金屋は、幾多の修羅場を潜ってきたのかもしれない。動きに無駄がなかった。

三度刀身を払ったところで、卯吉は身を後ろに引きながら、棒の先で相手の小手を打とうとした。けれども目の前にあった東金屋の体が、目の前から消えていた。

棒の先は、空を突いただけだった。

相手は、斜め後ろに身を躱《かわ》していた。とはいえ、動きが止まったわけではない。振り上げられた長脇差が、こちらの肩先を目指して落ちてきた。

「くたばれ」

憎しみのこもった声が、それに重なっていた。

卯吉は体を傾けた。肩の一寸先を、切っ先が行き過ぎた。その刀身を、撥ね上げた。腕に確かな感触があった。

長脇差が飛んで、酒樽に突き刺さった。ほぼ同時に、卯吉は棒の先を東金屋の肘に打ち付けていた。

「うわっ」

悲鳴が上がった。

このとき、茂助は淡路屋の肩を錫杖で叩《たた》いて地べたに転がしたところだった。丑松は破落戸二人を相手にしていた。匕首を手にした男が突きかかったところだ。

丑松は前に出ながら、それを払おうとした。だがもう一人、棍棒を持った男が横から打ちかかろうとしていた。

「えいっ」

卯吉は打ちかかろうとした男に、手にある棒を投げつけた。棒は鈍い音を立てて、棍棒の男の二の腕に当たった。体がぐらついて、棍棒は手からすっ飛んだ。

丑松は、匕首の男の頭を棍棒で打ち付けた。鈍い音がして、打たれた男は脳震盪《のうしんとう》を起こしたらしくその場に倒れた。

もう一人いた破落戸は、この場から逃げ出して行く。それを追うつもりはなかった。破落戸たちは、しょせん銭で雇われた者たちだった。

「次郎兵衛、おまえの罪は重いぞ」

茂助が、なすすべもなく立ち尽くしていた次郎兵衛に一喝した。

「ううっ」

次郎兵衛は、その場に崩れ落ちた。声を上げて泣き始めた。

ここで小屋の外に、人の足音を聞いた。現れたのは、町奉行所の与力と十人余りの配下の者だった。

次郎兵衛をつけていた茂助は、店から運び出した十樽がそのまま待っていた荷車に積み換えられたとき、通りかかった浅蜊《あさり》の振り売りに銭をやって仕事を頼んだ。町奉行所の市中取締諸色調掛の与力に、十万坪の小屋に酒樽が集まることを知らせろと伝えていたのである。

与力は事前に、坂口屋吉右衛門から詳細を告げられた上で、取締りの依頼を受けていた。知らせを聞いた与力の動きは、速かった。

「不正な酒造り。まっとうな商いを汚すものだ。不届き千万」

加工の場を検めた与力は、捕らえた者らに言った。淡路屋と東金屋、次郎兵衛、それに逃げられなかった二人の破落戸に縄が掛けられた。

深川の鞘番所《さやばんしょ》へ、連行した。

小屋へ運ばれた酒樽は、与力の検めを受けた上で、芝の司屋へ戻されるように手筈《てはず》が調えられた。

六

次郎兵衛ら捕えられた者は、与力から問《と》い質《ただ》しを受けた。酒の加工現場を押さえられただけではない。得物を手に、現場を押さえた卯吉らを亡き者にしようとした。

初めから、厳しい責めとなった。

次郎兵衛は、小屋にいたときから逆上していた。大店の酒問屋の若旦那として暮らしてきて、与力の縄を受けるなど考えたこともなかったはずである。悪事が露見したこととも合わせて、気持ちが鎮まらなかったのかもしれない。

何度か殴られたのち、ようやく供述ができるようになったと、卯吉は後になって聞いた。

次郎兵衛は、借金を返すだけでなく、紅葉の身請け金二十五両が欲しかった。困っているところで、一度断った淡路屋と東金屋に声をかけられた。

「わ、私が甘かった。心を入れ替えたつもりだったが、紅葉を他の者に取られたくなかった」

また泣きじゃくったらしい。

たとえ後悔したとしても、囚《とら》われの身になってからではどうにもならなかった。

淡路屋と東金屋は、加工した司錦をもともとの値で売ることで利を得られると考えた。

「灘の下り酒の味を知らない者ならば、騙《だま》せるだろう」

と踏んだのである。宿場や村の酒好きに売ろうとした。珍しいこともあって、江戸から外へ出れば、それなりに売れた。

下り酒問屋武蔵屋の名は、宿場や村の者は知らないが、酒商いの者は知っていた。灘の酒は誰でも扱いたい品だったし、武蔵屋という暖簾の力は大きかった。

次郎兵衛は加担を認めたが、企てたのは淡路屋と東金屋で自分は司錦の販売を依頼しただけだと供述した。とはいえ、司錦を加工して売ったことは知っていた。知っていて酒を回したのである。

東金屋と淡路屋は、加工の現場を押さえられただけでなく、長脇差を抜いて卯吉らを襲った。この件については言い訳ができなかった。犯行を認めざるを得なかった。

「殺すつもりなどなかった」

と告げたが、それは通らない。口封じに殺そうとしたと見做《みな》された。

この件では東金屋と淡路屋は、次郎兵衛も初めから加わっていたと話した。道連れにしようとしたのである。

しかし次郎兵衛は、得物を手に立ち向かってはいなかった。

「淡路屋と東金屋は、不正の張本人というだけでなく、咎《とが》め立《だ》てをした卯吉らに長脇差を抜いて斬りかかった。遠島《えんとう》となるであろう」

吟味をした与力は言った。

「次郎兵衛さんは、どうなりますか」

卯吉は尋ねた。心得違いをしたには違いないが、血の繋がった兄だという気持ちもあった。

「あの者は、襲撃に歯向かわなかった。悔いてもいるようだ」

「何か言いましたか」

「亡くなっている父親に申し訳ないと、言いおった」

「そうですか」

一人前の商人にしたくて、先代次郎兵衛は二人で外回りをした。期待をかけられていたが、応えられなかった。

親不孝者だ。その無念はあるのだろうと察した。

次郎兵衛は江戸十里四方追放となり、司屋は三十日程度の戸閉《とじまり》になるだろうと告げられた。次郎兵衛はすでに久離《きゅうり》の身になっていたので、武蔵屋に累が及ぶことはなかった。

灘桜の安売りについては、問題にされなかった。

町奉行所としては、灘桜の安売りについては、御法《ごほう》に触れる案件という受け止めをしなかった。しかし再度の安売りと司錦の加工は、武蔵屋の親戚筋や下り酒問屋仲間では、重大な出来事として取り上げられた。

お丹は次郎兵衛が十万坪で捕らえられた折と、処罰が決まった折には泣いたそうな。卯吉は巳之助から聞いたが、どうなるものでもなかった。

「あいつは次郎兵衛がしていることを知っていたんだ。それを止めなかったのは、てめえの罪じゃあねえか」

丑松は厳しいことを口にした。

灘桜の安売りに関して、親戚一同で集まりが持たれた。主人をなくした司屋の今後

いの再開はできる。

三十日が過ぎれば商いのこともあった。戸閉になったとはいえ、闕所《けっしょ》ではないから、三十日が過ぎれば商いの再開はできる。

勘十郎と吉右衛門、他に但馬屋、相模屋、三園屋、梶田屋が、坂口屋の座敷《ざしき》に顔を揃《そろ》えた。前と同じ面々だ。もちろんここへは、お丹と市郎兵衛、そして卯吉も呼ばれていた。いないのは、捕えられている次郎兵衛だ。

まずは、灘桜の安売りが取り上げられた。

「安売りをすることで金子を手に入れ、差し迫った支払いを済まそうとしたわけだな」

但馬屋は初めから詰問口調だった。

「はい。前の話し合いで、家作を手放すことは禁じられていました。しかしそれでは、どうしても支払う目途がつきませんでした」

そこでとりあえず灘桜を安く売って金子を手に入れ、それで支払いを済ませる。足りなくなった部分は、手放しても目立たない日本橋富沢町の家作を売ろうと画策した。

次郎兵衛に淡路屋と東金屋を紹介され、ともかく現金を手にすることを目指したと告げた。

「適価ではない売り方については、次郎兵衛の折に問題になった。にもかかわらず行ったのは、どのような事情があろうとも、私たちへの裏切りとなります」

相模屋が決めつけた。他の者は頷いた。

市郎兵衛もお丹も、返事ができない。体を固くして、頭を下げているだけだ。

「もう市郎兵衛さんには、任せておけません。隠居をしてもらおうじゃあないですか」

「そうしましょう。これ以上の損失を被らないためには、それしかないでしょう」

今日も、但馬屋が一番厳しかった。三園屋も声を上げた。

「では、武蔵屋の主人は誰に」

梶田屋が問いかけた。

「先代市郎兵衛さんには、三人の倅《せがれ》がいる。三男の卯吉さんならば、屋台骨を背負えるのではないですか」

但馬屋の意見だ。これまでの卯吉の働きを踏まえたものと思われた。

「なるほど。血筋を考えれば、問題はありませんな」

相模屋が答えた。

しかしここで、お丹が悲鳴を上げた。

「お待ちくださいまし」

半泣きの顔だ。気持ちが高ぶっているのだろう、すぐには言葉にならなかったが、訴えたい思いは伝わってきた。

「市郎兵衛の不始末は、重々分かりますが、今一度、店を建て直す機会を与えてくださいませ。必ずや建て直しをいたさせます」

「………」

「何であれ市郎兵衛は、先代の跡取りでございます」

あくまでも総領であることを訴えた。

「しかし灘桜四千樽の支払期限は迫っている。どうしなさる」

これは吉右衛門の問いかけだ。

安売りした灘桜は買い戻さなくてはならない。それらを合わせれば、在庫は千樽近くあることになる。その無謀な仕入れをしたのは、ほかならぬ市郎兵衛だった。

「とりあえず、富沢町の家作を売らせてくださいまし。それで返済をし、残りの千樽は二月の間に売り切らせていただきます」

断言した。一同は顔を見合わせた。皆が無理だろうという顔をした。

「できなかったときは」

勘十郎が確認した。

「そのときこそは、隠居をさせます」

覚悟の声だと、卯吉は感じた。

「いかがですかな」

勘十郎が、一同を見回した。

「最後の機会を与えようということだな。やれるのか。市太郎」

三園屋が、幼名で呼んだ。厳しい声だが、返答次第では受け入れてもいいという響きもあった。

「や、やります」

市郎兵衛は頭を下げた。畳に額をこすりつけた。

「では、命懸けでやるがいい。できなかったときは、武蔵屋から去れ」

但馬屋が言った。他の者たちが頷いた。

そして司屋をどうするかという件になった。次郎兵衛はすでに咎人《とがにん》となって、商いには関われない。そもそも江戸で暮らすことができなくなった。それについては、同情する者もいなかった。

お丹は、江戸から十里以上離れたどこかの宿場で、小商いでもさせようと考えているかもしれないが、そこらへんは分からない。

「闕所にならずに済んだのは、何よりでした」

梶田屋が口にした。この件については、吉右衛門や勘十郎から市中取締諸色調掛への働き掛けがあったと、卯吉は知っている。

こちらもどう始末するかは難題だった。すでに六月も残り少なになっていた。

「向こう一か月は、商いができない。しかし戸閉が解かれれば、商いは再開できる。借金返済の期日まで一月ほどしかないが、司錦を売り切ることができるのか」

司錦は、十万坪の小屋から六十樽を取り返した。在庫は二百樽ほどになっている。相当に難しい。すでに各宿場へ出回ってしまった樽もあるから、それを取り返す代も必要だ。

「何とかやってみますが、できたとしても借金の完済はできません」

これは、はっきりさせなくてはならなかった。

「それは分かっている。残りを売り切ったのならば、足りない分はこちらで出そう」

勘十郎が言い、他の者も頷いた。司屋と屋号は変えても、無縁だとは考えていない。それには卯吉もほっとした。

一月にも満たない司屋での暮らしだが、それなりのこだわりは芽生えていた。

「ならば卯吉を、司屋の主人としよう。皆さん、異存はありませんか」

「ない。それでよかろう」

勘十郎の言葉に、一同は同意の声を上げた。お丹の体は強張《こわば》ったが、反論はしなかった。できる立場でもなかった。

「お、お待ちください」

卯吉は思いがけない話に動転した。嬉しい気持ちにも晴れ晴れとした気持ちにもならない。何とかやると告げたのは、あくまでも番頭としての立場でだった。

「待つことはない。司屋は、武蔵屋の血を引く一人だ。おまえの他に誰がやる」

そう勘十郎に告げられると、返す言葉はなかった。

七

卯吉は司屋を任されることになった。望まぬながら、形としては主人となった。

「三本の矢には、なれなかったな」

旅姿になって店を出るとき、次郎兵衛は言った。もう卯吉には、まともに目を向けない。しかしそれは、無視をしているのとは違う。向ける顔がない、ということなのかも知れなかった。

その日は朝からお丹が来て、世話を焼いていた。とりあえずは、お丹の実家である旗本鵜飼家の相模国大住郡《おおすみぐん》にある知行地へ身を寄せるとか。そこで今後の身の振り方を模索する。

いずれお丹が何らかの援助をするはずだが、今の武蔵屋には余力がなかった。次郎兵衛が店を出ると、いつの間にかお丹の姿が見えなくなっていた。店へ来たときには、卯吉の方から挨拶をしたが、頷きを返しただけだった。

芝の分家の店は、腹を痛めた我が子から、妾腹《しょうふく》の子の手に移った。仕方がないと割り切っても、面白くないのは確かだろう。お丹からの声かけは一切なく、目も合わせなかった。

とはいっても、武蔵屋と司屋が縁を切るわけではなかった。屋号は違っても、分家であることに変わりはなかった。

卯吉はそれから、北新堀町の船問屋今津屋へ足を向けた。司屋を引き継いだことを、主人の東三郎とお結衣に知らせておきたかったからだ。

司錦が江戸へ入ったことを、最初に教えてくれたのはお結衣だった。

「まあ、卯吉さんが芝の旦那さんになるんですね。おめでとうございます」

お結衣は喜んでくれた。武蔵屋本家のことについては、それなりに噂は聞いているのかもしれないが、口にはしなかった。めでたいことだけを話題にした形だ。

卯吉にしてみれば、またしても尻拭いをさせられたと感じている。重荷を背負わされたようなものだった。主人次郎兵衛が江戸十里四方所払いになったことは、江戸の酒商いの間に瞬く間に知れ渡った。

何事があったのかという目で見られている。本家武蔵屋も、この先どうなるか分からない。

「まあ、これからですね」

東三郎が言った。

それから武蔵屋へも、顔出しをした。これまでならば行っても知らんぷりをしていた乙兵衛や巳之助が、すぐに頭を下げた。

「ご大任を、どうぞお果たしくださいませ」

言葉遣いまで、これまでとは変わった。武蔵屋の一族として扱った。市郎兵衛にも、型通りだが挨拶をした。

「そうか」

返答は味気ないものだった。しかしいない者のように扱ったわけではなかった。

小菊とおたえにも会った。この二人の顔を、一番見たかった。

「たいへんですね」

ねぎらいをこめた口調で小菊は言った。

「はい。司屋では、しばらく店を開けることができません。そこで今は、不正に加工された司錦の取り戻しをしています。本物の司錦と取り換えます」

卯吉は素直になって告げた。

「酷いことをした店と受取る人もいるでしょうが、それだけではないと思います。代替わりをして、不祥事の後始末をきちんとする店と見られれば、信用はおのずとついてくるのではないでしょうか」

「そうですね」

小菊は、卯吉が胸の内で思っていることを口にしてくれた。

「芝に行ったままになったら、もう算盤は教えてもらえないね」

おたえが、ぽつりと言った。寂しげだった。

「いや、折々来て、教えてやろう。分家へ訪ねて来てもいいぞ」

「ほんと」

おたえの表情が、ぱっと明るくなった。これまでのように、お丹に気兼ねをすることもなくなった。

神田松枝町のおゆみ母子を、店に入れることはできない。坂口屋は、小菊に対する処遇を許してはいないことが知れた。また市郎兵衛は、それどころではない状況となった。

夫婦の仲については、卯吉にはどうすることもできないが、ひとまずは波風が立たない流れになった。それでいいかどうかは分からないが、卯吉は今、司屋のために全力を尽くすつもりでいた。

本書は文庫書下ろし作品です。

|著者| 千野隆司　1951年東京都生まれ。國學院大學文学部卒。'90年「夜の道行」で小説推理新人賞を受賞。時代小説のシリーズを多数手がける。「おれは一万石」「入り婿侍商い帖」「出世侍」「雇われ師範・豊之助」「出世商人」など各シリーズがある。「下り酒一番」は江戸の酒問屋を舞台にした新シリーズ。

銘酒《めいしゅ》の真贋《しんがん》　下《くだ》り酒一番《ざけいちばん》(五)

千野隆司《ちのたかし》

講談社文庫

定価はカバーに
表示してあります

2021年4月15日第1刷発行

発行者――鈴木章一
発行所――株式会社　講談社
東京都文京区音羽2-12-21　〒112-8001
電話　出版　(03)　5395-3510
　　　販売　(03)　5395-5817
　　　業務　(03)　5395-3615

Printed in Japan

デザイン―菊地信義
本文データ制作―講談社デジタル製作
印刷―――豊国印刷株式会社
製本―――株式会社国宝社

ISBN978-4-06-523058-9

講談社文庫刊行の辞

二十一世紀の到来を目睫に望みながら、われわれはいま、人類史上かつて例を見ない巨大な転換期をむかえようとしている。

世界も、日本も、激動の予兆に対する期待とおののきを内に蔵して、未知の時代に歩み入ろうとしている。このときにあたり、創業の人野間清治の「ナショナル・エデュケイター」への志を現代に甦らせようと意図して、われわれはここに古今の文芸作品はいうまでもなく、ひろく人文・社会・自然の諸科学から東西の名著を網羅する、新しい綜合文庫の発刊を決意した。

激動の転換期はまた断絶の時代である。われわれは戦後二十五年間の出版文化のありかたへの深い反省をこめて、この断絶の時代にあえて人間的な持続を求めようとする。いたずらに浮薄な商業主義のあだ花を追い求めることなく、長期にわたって良書に生命をあたえようとつとめるところにしか、今後の出版文化の真の繁栄はあり得ないと信じるからである。

同時にわれわれはこの綜合文庫の刊行を通じて、人文・社会・自然の諸科学が、結局人間の学にほかならないことを立証しようと願っている。かつて知識とは、「汝自身を知る」ことにつきていた。現代社会の瑣末な情報の氾濫のなかから、力強い知識の源泉を掘り起し、技術文明のただなかに、生きた人間の姿を復活させること。それこそわれわれの切なる希求である。

われわれは権威に盲従せず、俗流に媚びることなく、渾然一体となって日本の「草の根」をかたちづくる若く新しい世代の人々に、心をこめてこの新しい綜合文庫をおくり届けたい。それは知識の泉であるとともに感受性のふるさとであり、もっとも有機的に組織され、社会に開かれた万人のための大学をめざしている。大方の支援と協力を衷心より切望してやまない。

一九七一年七月

野間省一